中华元素丛书

唐诗故事

郭 锐 编著

济南出版社

图书在版编目(CIP)数据

唐诗故事／郭锐编著．—济南：济南出版社，2013.6(2014.4 重印)
(中华元素丛书)
ISBN 978-7-5488-0870-1

Ⅰ.①唐… Ⅱ.①郭… Ⅲ.①唐诗—通俗读物 Ⅳ.①I222.742

中国版本图书馆 CIP 数据核字(2013)第 132606 号

丛书策划	郭　锐
责任编辑	丁洪玉
封面设计	碣　石
出版发行	济南出版社
地　　址	济南市二环南路 1 号(250002)
网　　址	www.jnpub.com
印　　刷	山东省东营市新华印刷厂
版　　次	2013 年 6 月第 1 版
印　　次	2014 年 4 月第 2 次印刷
开　　本	880×1230　1/32
印　　张	8.75
字　　数	167 千字
定　　价	24.80 元

法律维权　0531－82600329

(济南版图书,如有印装错误,可随时调换)

前　言

　　如果将源远流长的中华文明比作一条长河，唐诗则一定是其中一朵最亮丽的浪花；如果将其比作星光灿烂的星空，唐诗也一定是其中最明亮的一颗星星；如果将其比作一座花园，唐诗也一定是其中一株永不凋谢的奇葩。它是世界文学宝库中的瑰宝，是唐人留给后人的一份丰厚的遗产，对我国后世的文学艺术乃至世界上其他许多国家的文学艺术，都曾产生了极为深远的影响，值得我们21世纪的人们热爱、学习和借鉴。

　　但是也应看到，唐诗的数量是非常巨大的，清代编纂的《全唐诗》中，共收录诗歌四万八千九百多首，仅诗的作者就有二千多人；加之年代久远，时代殊同，语言变迁，风俗迥异，都给我们今天的学习带来了相当大的困难。我们这有限的个人生命，在面对如此浩大复杂的认识对象时，真的需要有几条通向它的便捷小径，几叶能抵达彼岸的小舟，几座联结古今的结结实实的桥梁——早已为国人家喻户晓的《唐诗三百首》大抵就是这样的一件什物，一代代难以数计的人，以其为径为舟为桥，走进了唐诗的殿堂，窥到了其中美丽的万象。

　　同样，编者努力要为读者奉献上的这本小书，想必也具有此等功用。它围绕唐诗所萃取出的一个个故事，既生动风

趣,可读可诵,也为每一首或相关的一组唐诗提供了各自产生的独特语境,即理解它们的不可或缺的背景知识。因此,在读者欣赏着一个个美妙故事的同时,不知不觉地,已大概了解了一首或相关的多首唐诗的内容和意境,认识了其所属的特定历史时期的社会风貌和风土人情之一鳞一斑。

读完全书,掩卷长思,这百多个鳞鳞斑斑就会形成一个立体的历史画面,它像一幅《清明上河图》,生动形象地展现在我们面前。其中有明君贤相、昏君佞臣、才子佳人、征夫怨妇、失宠的嫔妃、失路之文人;有红叶寄情的宫女,有轻歌曼舞的艺妓;有书生意气、云帆高挂;有声色犬马、江河日下;有二十四桥明月、万家酒店、十里桃花等等,无不色彩缤纷,性情独具。它又像一首交响乐,既有初唐的雄浑刚健,盛唐的气象恢弘,又有中唐的嘈嘈杂杂和晚唐的凄凄惨惨。它时而是《春江花月夜》,时而是《高山流水》,时而是《阳关三叠》,时而是《二泉映月》,时而是《将军令》,时而是《凤求凰》等,音韵富丽多变,赏心悦目。

它所采用的故事形式是通俗的、有趣的,最适合于大众的审美趣味和阅读需求;它诗的意蕴又是高雅的、超越的,直抵人们的心灵,从而使雅俗可以共赏。因而,它是走进唐诗的别一种幽径,一叶扁舟,一座桥梁。

但是由于编者水平有限,不足之处想必也在所难免,望读者和大方之家批评指正。

郭 锐

2013 年 3 月 27 日

目录

诗咏乌鸦得大树 …………………………………… 1
太宗智得《兰亭序》（上） ……………………… 4
太宗智得《兰亭序》（下） ……………………… 7
直犯龙颜请恩泽 …………………………………… 10
摘绝抱蔓才放心 …………………………………… 12
花发莫待晓风吹 …………………………………… 16
天地悠悠独涕下 …………………………………… 18
文惊女皇空错过 …………………………………… 21
灵隐寺内遇高人 …………………………………… 23
一代红颜为君尽 …………………………………… 27
金吾玉漏莫相催 …………………………………… 30
嘴尖毛短惹人烦 …………………………………… 32
伶人歌里竞诗名 …………………………………… 35
楼前百戏竞争新 …………………………………… 38
巧扮伶人谋功名 …………………………………… 40
不为功名添蛇足 …………………………………… 43

方圆动静童逗才	46
谁有工夫问俗人	48
酒楼吹笛是新声	51
新宠不能忘旧恩	54
偷把宁王玉笛吹	57
何必珍珠慰寂寥	59
归帆万里赴扶桑（上）	62
归帆万里赴扶桑（下）	65
沉吟不敢怨春风	67
一片冰心在玉壶	70
金龟换酒酬诗仙	73
此处有景道不得	76
名花倾国两相欢	78
桃花潭水浅于情	82
孟君何不诵《春晓》	84
夫子风流天下闻	88
徘徊尤羡黄金台	90
西江月夜忆将军	92
斗鸡走马胜读书	95
巧遇诗仙生意隆	98
轻舟已过万重山	100
添线着绵结奇缘	102
内人争乞洗儿钱	105

一骑红尘妃子笑 …………………………………… 107

舞破中原始下来 …………………………………… 109

因了私仇毁昆仑 …………………………………… 111

关将慎勿学哥舒 …………………………………… 113

凝碧池头奏管弦 …………………………………… 116

吾儿岂能置人后 …………………………………… 119

尘土已残香粉艳 …………………………………… 121

子孙无能累昭陵 …………………………………… 124

赐梨与诸王联句 …………………………………… 126

霜清谁怜团扇妾 …………………………………… 129

素手一夜絮征袍 …………………………………… 132

咫尺长门闭阿娇 …………………………………… 134

饮中八仙趣味长 …………………………………… 137

暮婚晨别太匆忙 …………………………………… 141

堂前扑枣任西邻 …………………………………… 144

自嗟不及波中叶 …………………………………… 146

春城无处不飞花 …………………………………… 148

红蘖秋色艳长江（上） …………………………… 151

红蘖秋色艳长江（下） …………………………… 154

寸草报得三春晖 …………………………………… 159

所言俱是"当家"说 ………………………………… 161

虽在侯门似不容（上） …………………………… 163

虽在侯门似不容（下） …………………………… 166

还似洛妃乘雾去	168
人面桃花相映红	171
腹有诗书居自易	174
第一仙人许状头	176
惹得仙子下凡来	178
俱是苍生留不得	181
反客为主神策军	185
高轩过后忘年交	188
身骑白鹤游青天	190
夕贬潮州路八千	193
李愬雪夜袭蔡州	197
雕琢文章字字精	200
惭愧阇黎饭后钟	202
曾把文章谒后尘	206
诗咏桃花祸复来	209
东边日出西边雨	212
十载长安得一第	216
开元寺里竞风流	218
飞流不与洗恶诗	220
甘泉宫夜看图形	223
君若来时近夜来	226
井栏砂宿遇夜客	228
侯门一入深如海	230

画眉深浅入时无	232
镜鸾分后属何人	234
即将春色入关来	237
忽发狂言惊满座	240
十年一觉扬州梦	242
祖上恶名累儿孙	244
到处逢人说项斯	246
同来玩月人何处	248
莫向花前泣酒杯	252
远看方知出处高	254
报与桃花一处开	256
冲天香阵透长安	258
一笑君王便着绯	260
数枝一枝一字师	262
方知红叶是良媒	265

诗咏乌鸦得大树

李义府（614年~666年），字不详，瀛州饶阳（今河北饶阳）人。唐高宗李治时两度为相。"貌状温恭，与人语必嬉怡微笑"，是一位典型的表面温和、笑里藏刀的人，故时人称之"李猫"。但他幼时却是蜀地一位声名远播的神童。

唐太宗贞观年间，李义府年方八岁，便已能诗善赋。当地长官刘洎、马周等以为奇，极力荐举他上京见驾。唐太宗爱才如渴，予以召见。太宗在宫中接见了他，见这个孩子生得相貌清秀、聪明伶俐，非常喜爱。恰巧午后皇上要到上林苑射猎，就带他一同去了。

唐太宗是马上得天下的皇帝，骑马射箭无不技艺娴熟。小神童跟在皇上后面，大饱眼福，对皇上更是好生佩服。这时，有人活捉了一只乌鸦献给皇上。唐太宗随手将它作为小玩意儿赐给了李义府，并让他以《咏乌》为题作一首诗。李义府落落大方谢过皇恩后，将乌鸦捧在手中，稍作思索，便稚声稚气地吟道：

中华元素丛书

2 唐诗故事

——明刊本《唐诗画谱》

咏 乌

李义府

日里飏朝彩,琴中伴夜啼。
上林如许树,不借一枝栖。

此诗第一句典用了古代的一个神话,即传说太阳中有三足神乌;第二句语出一古典名乐《乌夜啼》;三、四句直抒胸臆,表达了对被擒的乌鸦的同情。此两句又是一语意双关句,借上林苑的树枝暗指朝廷中的官位。

唐太宗是何等聪明之人,他立刻就明白了李义府的用意,他笑着说:"好诗,好诗!你小小年纪就有如此才华和心胸,长大后定为我大唐栋梁之才,我要将整棵树都借给你,岂止是一枝!"

李义府得到了皇上的赏识,消息不胫而走,名声大振,为他将来登上仕途奠定了坚实的基础。果不其然,他在唐太宗朝内担任了监察御史等职,后来在高宗朝内还当过右相呢。然而,李义府虽有文才,但为人狡诈,以柔害物,晚年终不得善终,客死于流放地。

太宗智得《兰亭序》(上)

唐太宗不仅是一位杰出的政治家和军事家,而且在文学和书法上也有很高的造诣。他即位后,就在全国收集名人书画和名家的书法墨迹。太宗皇帝尤其喜爱书圣王羲之的书法,他曾下令拿出皇家库藏的王羲之的所有作品,请虞世南和褚遂良等唐代著名书法家鉴定真伪。虽其收藏大多为真迹,但唐太宗心里仍有一块心病,那就是号称天下第一行书的《兰亭序》仍没有得到。

唐太宗一心想得到这件书法神品。经过多方打听才得知,王羲之本人对《兰亭序》也非常喜爱,视为传家宝留给子孙,于今传到了他第七代孙——高僧智永手中。

智永也是一名书法家,在当时就很有名气。他活到近一百岁去世时,将珍藏的《兰亭序》传给弟子辨才保管。唐太宗得知这件事后,急忙将辨才召进长安,出重赏要他献出王羲之的手迹《兰亭序》。辨才和尚不惧龙颜,竟以它早已在战乱中遗失、至今下落不明为借口,将此事搪塞过去了。

此事后不久,在辨才主持的越州(今绍兴)永欣寺中,来了位布衣书生。他沿着庙里的长廊观看壁画，边看边点头和摇头。辨才和尚看见了，感到奇怪，就走上前去问道："年轻人从何而来？为何要点头和摇头呢？"

书生回答说："我从北方而来，带了一些蚕种想来江南卖掉，路经宝刹，顺便来参观学习寺庙里的壁画，得意处便点头，不得意处便摇头。"

辨才愈奇之，想不到一个穷书生竟有如此欣赏能力，就试着同他谈起寺内的壁画。俗话说，"行家出出手，便知有没有"。谈了一二幅后，深通画理的辨才已对书生暗自佩服，于是请他到禅房内落座。品茗时，辨才问道："敢问居士贵姓大名？"

书生忙站起来，深施一礼道："晚生敝姓萧，贱名一翼字。"

"仙乡何处？"和尚含笑问道。

"祖上本是江南望族，至晚辈则沦落到在洛阳经商为生。"萧翼一脸的不好意思。

和尚解嘲道："大隐隐于市。居士眉目间自有一段风流，想必亦会下棋抚琴吧？"

萧翼忙欠身回答："略通一二。"

辨才于是便邀他下棋。棋至中盘，辨才已自愧弗如了。可是那书生却很有分寸，收关时巧妙地卖了个破绽，让和尚占得了先手。接下又邀他抚琴，萧书生一曲《高山流水》，直弹得辨才和尚如痴如醉。

辨才非常高兴,留他在寺中过夜,并且设宴相待。酒酣时,二人赋诗为乐,书生说出了一个"来"字,辨才于是以"来"字为韵吟道:

设缸面酒款萧翼探得来字

辨　才

初酝一缸开,新知万里来。
披云同落寞,步月共徘徊。
夜久孤琴思,风长旅雁哀。
非君有秘术,谁照不燃灰?

从最后两句诗中,我们可以看出老和尚对这位多才多艺的书生的喜爱之情。他说:"如果不是你精辟的谈吐和学识,又有谁能照亮我这死灰般的心呢?"

太宗智得《兰亭序》(下)

辨才和尚吟完诗，然后说了个"招"字，书生略作思索，便以"招"为韵，吟出了下面这首诗：

答辨才探得招字

萧 翼

邂逅款良宵，殷勤荷胜招。
弥天俄若旧，初地岂成遥。
酒蚁倾还泛，心猿躁似调。
谁怜失群雁，长苦业风飘。

诗的意思是说：我们偶然相逢，却承蒙您这样盛情款待，共度这美好的夜晚。你我虽天各一方，但很快就像老朋友一样了，看来我们离得并不遥远。新酿的酒中酒渣倒掉了又重新泛上来，它就像我的心一样躁动不安。多年来我就像一只失群的孤雁一样，苦于随风飘泊，可是有谁来怜惜我呢？

辨才听罢，更加同情萧书生，就真诚地对他说："人生

难得一知己。你若不嫌贫僧愚陋和庙小,以后敝寺愿为您提供安身之所。"书生自然满心欢喜,起身大礼相谢。从此萧书生就在寺院里住了下来,每日里与辨才老和尚吟诗作赋,抚琴对弈,过得好不快活,二人间的关系也越来越密切。

一天,二人偶然谈起了书法。萧书生说:"我习过先贤王羲之的楷书,对王氏父子二人的书法佩服得五体投地,也曾为之倾家荡产,买得几幅珍品,愿与大师共阅。"

老和尚一听,正中下怀,忙说:"请让老衲开开眼,一饱眼福。"

萧书生从随身的行囊中取出几幅书圣的墨宝,老和尚仔仔细细地看过后说:"是书圣的手迹,可惜不是他最好的作品。"

书生惊奇地问:"莫非大师还有更好的不成?"

辨才和尚压低声音说:"贫僧有一件书圣最为珍贵的墨宝。"

书生忙问:"是什么帖?"

辨才说:"实不相瞒,是《兰亭序》。"

书生笑了笑说:"我早就听人说过此帖。不过,听说它早已毁于战火之中,大师手中的也许是摹本吧?"

辨才并不介意,就说:"今日已时辰不早,咱们用过了斋饭后再说此事吧。"

萧生也不追问,随辨才和尚一同吃饭,仿佛并不将此帖挂在心上。

饭后,老和尚念完经,派小和尚请书生到他房中叙话。待身边无他人时,老和尚搬来梯子,搭在梁上,慢慢地爬上去,从梁上的暗洞里取出个红绸包,下来后将它端端正正地放到桌子上,用水净过手后,小心翼翼地打开包,取出那价值连城的《兰亭序》帖,递给书生观看。

萧书生接过后看了许久,然后故意地说此帖是假的。老和尚和书生争论起来,并将自己以及师父摹写的本子都搬了出来。书生一一看后,仍不以其为真。老和尚颇感无奈地摇了摇头。

几天后,辨才老和尚有事外出,书生便偷偷来到老和尚的书房,窃得此帖。然后,他直接到了当地的县衙,从怀中掏出圣旨,宣旨让他们护送自己回京。原来,书生就是唐太宗身边的御史萧翼装扮的,此行的目的就是来谋取老和尚手中的真迹。

再说唐太宗拿到了朝思暮想的《兰亭序》后,高兴极了,他重赏了萧翼和辨才和尚。可怜老和尚由于惊吓、气闷、悔恨和自责,一年后就郁郁而终了。

直犯龙颜请恩泽

马周是唐太宗时的一位名臣，原是一个穷苦的读书人，前半生落拓很不得意。

一年他来到长安，住在新丰（今陕西临潼附近）的小客栈中，势利的店主人只顾招待那些衣着丝缎的商贾，而不爱搭理他这个又穷又酸的书生。马周备感世态炎凉。后几经辗转，在朋友们的帮助下，马周始得在长安中郎将常何家做门客，想不到这竟赐给了他一次一展才华的良机。

贞观五年（631年）六月，太宗因天旱下诏，命令文武官员上书议论朝政的得失。常何回府后，向门客们征集对策。许多门客都怕得罪了皇帝，落得个杀身之祸，所以只是应付了事。马周生性耿直，学富五车，才高八斗，他替常何写了二十多条建议。一向从善如流的唐太宗看后极为赞赏，可又一想常何是不识字的武将，哪有这般见识，垂询后才知是其门客马周所作。太宗立即召见马周。马周未至，唐太宗遣使数人前往督促。马周见到皇帝后，不卑不亢地向皇上谈了很多当时政治上的得失。太宗非常高兴，当场就任命他为监察御史。从此后，马周于仕途上一路绿灯，一直升任到中书令

（宰相之一），为贞观时期著名的诤臣之一。

一百七十多年后，诗人李贺落拓于长安，冬至日在友人家饮酒。在唐代，冬至这天皇帝要亲自会见京中和京外来朝的大小官员。李贺是一布衣，当然无资格朝见。他不由得想起马周的这段人生奇遇，古今对比，由人及己，不禁感慨万千，于是提笔写道：

致酒行（至日长安里中作）
李 贺

零落栖迟一杯酒，主人奉觞客长寿。
主父西游困不归，家人折断门前柳。
吾闻马周昔作新丰客，天荒地老无人识。
空将笺上两行书，直犯龙颜请恩泽。
我有迷魂招不得，雄鸡一声天下白！
少年心事当挈云，谁念幽寒坐呜呃？

诗中，天才诗人很是羡慕前人仅凭着在奏章上所写的几条意见，就被皇帝召见而得到了重用一事，从而陡生出自己生不逢时之恨。"主父西游困不归"一句用了汉代的一个典故。"主父"即主父偃，汉武帝时齐人，家贫，北游燕、赵、中山，没有知遇，于是西至长安，做客卫青门下。卫青曾数次向朝廷推荐他，都不成功。久之他随身带的盘缠花光了，困于西京。后来他上书言事，得到皇帝的赏识，拜为郎中，后升至中大夫。这事自然也让郁郁不得志的李贺羡慕不已。

摘绝抱蔓才放心

中国历史上的第一位女皇武则天，是一位很有才干和远识的政治家，但为人十分狠毒。她十四岁时，因貌美被选进唐太宗的后宫中，封为才人。传说，太宗的儿子李治（后来的唐高宗）在当太子时，就和她有私情。

唐高宗即位后，将武则天召进宫中，立为昭仪。武则天并不满足，欲夺皇后之位。

一天，王皇后过来玩，武则天当时不在其宫内，皇后逗了一会儿武则天所亲生的小公主后就离开了。武则天回来后，听宫女说及此事，她心生一毒计：她偷偷将女儿勒死，藏在了被子中。等皇帝来时，打开被子一看孩子死了，左右人皆说只有王皇后来过。从此，高宗深恨王皇后。武则天又诬陷王皇后背地里诅咒高宗，因此高宗废王皇后为平民，终身监禁，然后立武则天为皇后。

唐高宗原来已立长子李忠为太子。武则天当上皇后以后，串通大臣许敬宗等上奏章，以子以母贵为由，要求换太子。高宗于是废太子李忠，立武则天才刚刚三岁的儿子李弘为太

13 摘绝抱蔓才放心

——明刊本《唐诗画谱》

子。不久，又诬陷李忠谋反，后赐死。

李弘长大后，天性仁爱，比较能干。武则天想自己专权，对这样的儿子不放心，怕他当皇帝后自己控制不了，于是在李弘二十岁时用毒酒将他害死。李弘死后，武则天立自己的第二个亲生儿子李贤为太子，这就是著名的章怀太子。

李贤是个非常聪明和有才干的人，帮助高宗处理政务很得当，在当时的一批读书人中也很有声望。李贤被立为太子后，他知道母亲有当女皇的野心，预感到自己也不会有什么好下场，于是作了一首诗《黄台瓜辞》，让乐工排练后在宫中演唱，希望武则天听了以后会有所感悟。原诗是这样写的：

黄台瓜辞

李 贤

种瓜黄台下，瓜熟子离离。
一摘使瓜好，再摘使瓜稀。
三摘尚自可，摘绝抱蔓归。

这首诗字面的意思很简单，其喻义也很明显，是将武则天的四个亲生儿子比作瓜。诗中"瓜熟子离离"是说您的孩子们都长大了；"一摘使瓜好"意思是您杀了大儿子，会使其余的孩子们有所警惕，都会学好而不敢胡作非为；如果杀死两个，那余下的就太少了；如果杀光了的话，就只剩下您孤零零的一个人了。

这样的诗歌，自然很难打动武则天权欲迷窍的心。唐高宗调露二年（680年），李贤被废为庶人，贬到巴州（今四川巴中）。即便这样，武则天仍不放心，四年之后，她派人逼李贤自杀，李贤死时年仅三十一岁。直到武则天死后第二年（706年），李贤的弟弟唐中宗才下令将李贤的灵柩由四川迁到陕西，陪葬乾陵。

花发莫待晓风吹

天授二年（691年）冬天里的一天，大雪纷飞，女皇武则天和几名宠臣雪天煮酒，好不痛快，直饮得飘飘欲仙。半醒半醉中，她忽然兴致大发，要明日踏雪游上苑（御花园）。一位近臣考虑到武皇年事已高，近些日子龙体又一直欠佳，怕明日抗不住上苑风寒，就劝告说："陛下明日大可不必游园，因为上苑里白雪遍地，天寒地冻，花木凋零，其境过清，倒不如在宫中和臣子们下棋饮酒为乐。"

武皇一听，心中不高兴，她将脸一沉说："朕高为一国之君，一言九鼎，四海臣服，朕现就拟一道圣旨，命百花翌日齐放，不就行了吗？"说罢，她命宫女取来纸笔砚瓦，借着醉意，刷刷点点地写了一首五言诗作为诏书。

腊日宣召幸上苑
武则天
明朝游上苑，火速报春知。
花须连夜发，莫待晓风吹。

写完后，武则天命人持诏书到上苑中去烧了，以报知花神。几位大臣以为女皇醉里嬉耍，并不在意。

夜半虚席后，武则天心中却开始不安起来，她想：君口无嬉言啊，自己虽贵为人间天子，却管不了天上的神仙，如果明日鲜花不开，岂不有失我堂堂天子的尊严。因此她一夜辗转反侧，不能成寐。

谁知第二天，白雪皑皑的上苑里竟然木吐新叶，百花齐放，随武则天游园的皇子、大臣、太监和宫女们等无不感到惊奇，有人简直都不敢相信自己的眼睛了。武则天这才放下心来，心里扬扬得意，暗想：看来我绝对是真龙天子啊。众人这时才开始回过神来，群呼陛下圣明，吾皇万岁不止。

武则天在众人的簇拥下信步而行，她的虚荣心此刻已满足到了极点。突然，她发现百花丛中的牡丹竟然还未开放，不由得怒火中烧，下令用炭火焚烧它以示惩罚。但是牡丹仙子就是不买女皇的账，被火烧焦了也不开。一怒之下，武则天下令将牡丹贬到洛阳。从此后，洛阳的牡丹花开得特别好，洛阳也以牡丹名扬天下。传说，那株被火烧焦的牡丹到洛阳后不但没死，反而变成了一个新品种——焦骨牡丹。

天地悠悠独涕下

陈子昂是初唐著名的诗人和政治家。但他刚到长安求取功名时，还是一位默默无闻、鲜为人知的小人物，为此他十分苦恼。因为在唐代，要想考取进士，往往要靠知名文人或达官贵人的提携与引荐。陈子昂没有名人朋友，也没有皇亲国戚，怎么办呢？他冥思苦想多日也没有什么好办法。

一天，他闲来无事，独自一个人在街上游玩，忽然看到前面有一群人，围得里三层外三层的。出于好奇，陈子昂走过去想看个究竟。原来，里头有个老人在那里卖胡琴，出价特别昂贵。围观的人指指点点，议论纷纷，都在猜测这胡琴究竟有何妙处。

陈子昂眉头一皱，计上心来。他拨开众人，走上前去，把琴买了下来。他好像非常内行地抚摸着胡琴说："不可多得的宝琴，物超所值的宝琴呀！"并煞有介事地宣布："明天上午，本人在'悦来客栈'进行个人独奏演出，请大家届时务必赏光。"

第二天，听琴的人站满了客栈的院子，大家都焦急地等着高明的琴师出来献艺,然而却久久不见琴师的影子。正当大家等得心烦之时,陈子昂终于携琴走了出来。他向大家一拱手道:"各位朋友,在下是蜀人陈子昂,擅长诗文却无人赏识,今天到场的朋友都是我的知音,现有我写的诗文一百多篇,分送给大家,请大家不吝赐教,敝人将感激不尽!至于我的琴技——它远没有我的诗文好,我也就不再献丑啦。"说完,他用力将胡琴摔碎在地上。

院子内一片哗然,人们心想这真是个怪人,但不知诗文写得怎么样,于是,每个人都怀着好奇心开始读文稿。不一会儿,"奇文,奇文"的赞叹之声便响彻了整个大院。人们争相传阅着,揣摩着,赞叹着。

由于陈子昂独出心裁的自我推销,名声很快传遍了长安城。他在二十四岁那年终于金榜题名,考中了进士。他自以为从此就可以大显身手,实现自己的政治抱负了,但事实却远非如此。

武则天当朝时,契丹族不断骚扰唐朝边境,陈子昂主动请缨,被任命为大将军武攸宜的参谋,随大军一同出征。陈子昂根据当时的形势,提出应当分兵万人为前导。刚愎自用的武攸宜非但不采纳他的正确建议,反而将他降职。陈子昂心中郁郁不乐。一天傍晚,他独自登上了幽州台。

幽州台是战国时期燕昭王为招贤纳士而修筑的拜将台。当时燕国与齐国交战,一开始燕国被打得一败涂地,几乎亡国。燕昭王就筑了此台,以期招徕天下豪杰。名将乐毅有感于燕昭王礼贤下士,主动投奔到燕昭王麾下,并得到燕王的重用。燕国终于在乐毅的率领下把齐国打败了。登台远眺,怀古伤今,陈子昂更感自己怀才不遇,满腹的悲怆油然而生,遂写下了这首独步古今的佳作:

登幽州台歌
陈子昂
前不见古人,后不见来者。
念天地之悠悠,独怆然而涕下。

文惊女皇空错过

被誉为"初唐四杰"之一的骆宾王,虽一生仅做过长安县主簿、浙江临海县丞等小官,却是一位极有政治抱负的诗人。他在做县丞时,曾因直言时弊而得罪上司下狱。狱中,他闻初秋凄怨的蝉声而感伤不已,托物言志地写下了下面这首著名的五言律诗:

咏 蝉
骆宾王

西陆蝉声唱,南冠客思侵。
那堪玄鬓影,来对白头吟。
露重飞难进,风多响易沈。
无人信高洁,谁为表予心?

诗人寄悲愤沉痛于比兴中,婉转附物,惆怅切情,表达了高洁无人信和英雄失路之悲。

公元695年,武则天登上了皇帝的宝座,将国号由唐改

为周,成了中国的第一个女皇。

武则天篡夺皇位,女人当朝,自然遭到很多人的激烈反对。唐将徐敬业起兵讨伐武则天,诗人骆宾王为其写了一篇著名的《讨武曌檄》,文字极其尖锐而富有煽动性,因而很快就流传于天下。

据说,当时武则天正患病卧床不起,她让人为她朗诵檄文。从"伪临朝武氏者"念至"入门见嫉,蛾眉不肯让人;掩袖工谗,狐媚偏能惑主"时,武则天觉得写得很不错,也很有趣,就一直在笑。等到读至"一抔之土未干,六尺之孤何托"及"请看今日之域中,竟是谁家之天下"时,她竟腾地从床上坐起来,激灵灵地打了个冷战,身上出了一身冷汗。然后,她不禁连连称赞道:"写得好!写得好极了!"接下来她脸一沉,很不高兴地说:"宰相为何失掉了这样的人才?"

谁知经过这一番激动后,不知是由于恐惧还是兴奋,她的病顿时好了大半。

不久,徐敬业兵败,徐与骆二人下落不明。有人说他们已死于乱军之中,有人说他俩逃跑了,都出家当了和尚:徐敬业隐姓埋名藏在衡山寺中;骆宾王则云游天下名山古刹,在灵隐寺中竟还和诗人宋之问有一面之缘。这些说法,何者为真,何者是假,今天已很难考证,但作为故事中的人物,我们还是宁信其生,不信其死的。

灵隐寺内遇高人

某一年的秋天，初唐诗人宋之问（656年~713年）来到江南观赏游玩。

一天，他来到杭州，漫游慕名已久的灵隐寺。下午时分，他迈进灵隐寺山门。但见拔地而起的飞来峰上，怪石嶙峋，层峦叠翠，云雾缭绕，而灵隐寺的红墙黄瓦在峰上若隐若现，颇有几分仙气。他气喘吁吁地登上观海楼，眼前景象顿时开阔起来：远处天际一线，当是太阳升起的地方东海；寺外不远处，钱塘江一水若带，雄伟的潮声犹在耳旁……面对这世间罕见的绝妙景致，宋之问诗兴大发，他踱步思虑片刻，开口吟道："鹫岭郁岧峣，龙宫锁寂寥。"

吟完起首的这两句后，他冥思苦想，半天也没有想出下句来，只是反复念叨着："鹫岭郁……"

突然，他耳边传来了一位老者浑厚的声音："年轻人，你为何总是念着这两句诗呢？"

宋之问循声回头，只见身后站立着一位须发皆白、体格清奇的老和尚。他很难为情，但还是把自己的窘处告诉了他。

——明刊本《唐诗画谱》

老和尚听后,随口吟道:"楼观沧海日,门对浙江潮。"

老和尚出口成诗,气象非凡,诗之意境远在首联之上。宋诗人对老僧顿生敬意,他重新打量老僧,越看越觉得这位高僧一定是个有故事的人,于是深施一礼,问起老和尚的身世。老和尚只是微微叹息,并不回答,似有难言之隐。

宋之问知趣地告辞,老和尚并不挽留。

宋之问喜不自禁,因为刚才闭塞的思路豁然打开了。他急忙走出寺院,在西湖边的一笔庄内,提笔写下了下面这首神来之作:

灵隐寺

宋之问

鹫岭郁岧峣,龙宫锁寂寥。
楼观沧海日,门对浙江潮。
桂子月中落,天香云外飘。
扪萝登塔远,刳木取泉遥。
霜薄花更发,冻轻叶未凋。
夙龄尚遐异,搜对涤烦嚣。
待入天台路,看余度石桥。

第二天清早,宋之问拿着写好的诗,急忙跑回寺院,想向老和尚请教一二。可是寺内寺外都找遍了,仍不见老和尚的踪影。他向寺内的和尚多方打听,最后有知情者悄悄告诉

他说:"此人乃是'初唐四杰'之一的骆宾王,只因徐敬业兵败,为躲避朝廷追杀,才落发为僧,云游天下……"

宋之问听罢,暗自惊讶,但对此话深信不疑,他认为当朝只有骆宾王才会有如此大手笔。

赵之谦水仙 图

一代红颜为君尽

武则天执政时期,洛阳城中有一位职位非常低的官员,名叫乔知之。他家中有位婢女,名叫碧玉(一说窈娘),长得貌若天仙,能歌善舞,颇有文才。乔知之非常喜爱她,决定娶她为妻。碧玉也早有此意,愿意以身相许。

武则天的侄儿武承嗣听说碧玉貌美多才后,就以请碧玉到他府中教内眷梳妆为借口,将她骗至府中。碧玉这一去,就再也没有被放回来,武承嗣强占她为自己的爱姬。

俗话说,官大一级压死人,更何况那武承嗣还是当今皇上的侄儿。乔知之深感无奈,郁愤成疾,卧床半月。待身体稍好后,他含泪写下了下面这首悲愤交加的诗:

绿珠怨

乔知之

石家金谷重新声,明珠十斛买娉婷。
此日可怜君自许,此时可喜得人情。
君家闺阁不曾难,常将歌舞借人看。

意气雄豪非分理,骄奢势力横相干。
辞君去君终不忍,徒劳掩袂伤铅粉。
百年离别在高楼,一代红颜为君尽。

此诗借用了晋代巨富石崇和名姬绿珠的典故。绿珠是石崇用十斛珍珠买来的美女,住在石府的金谷园中。她色艺俱佳,极得石崇之宠爱。当时,朝中赵王司马伦执政,他的亲信孙秀和石崇有宿仇,仗势向石崇索要绿珠。石不肯。孙秀于是唆使司马伦收捕石崇全家。军队到石府门口时,石崇对绿珠说:"我今天为你而犯了灭门之罪。"绿珠说:"我愿死在你面前,以报君恩。"说罢,坠楼而死。石崇亦被斩。

乔知之将此诗抄在一方白绢上,暗地里买通了武府里的一个仆人,让其转交给碧玉。碧玉接到诗后,悲痛欲绝,哭泣三天,水米不下,后将诗系于裙带上,投井而死。

武承嗣叫人从井中捞出尸首,见裙上的诗,大怒,后让一酷吏为乔知之捏造罪名,将其下狱。武则天载初元年(689年)八月,乔知之被斩于洛阳南市。

此事一百多年后,中唐诗人雍陶旅居洛阳时,听人说起了这个悲惨的故事,感慨颇深,于是写下了下面这首诗:

洛中感事

雍 陶

洛城今古足繁华,最恨乔家似石家。

行到窕娘身没处，水边愁见亚枝花。

此诗，对历代当权者为一己之私利而草菅人命的罪行进行了血泪控诉，对受害者表达了满腔同情，具有鲜明的阶级倾向。

金吾玉漏莫相催

苏味道是唐代武则天时的宰相,为人却十分滑头,为了不得罪人,他出言谨慎,什么事情都不敢轻易地表态,历史上曾传说下面这样一个故事。

苏味道刚上任宰相的第一天,就有位大臣有事要请他解决,大臣把要解决的事详细地说了一遍。

苏味道听完,兜着圈子说了一大堆废话,也没说出解决问题的办法来。

大臣不解地说:"宰相大人说了很多,卑职愚钝,还是没有听出解决问题的办法来呀!"

苏味道生气地说:"没有悟出办法是你的事了。"说完手摸床棱,抬头望着房顶,不再搭理属下。

他就是这样,凡是遇到麻烦的事情都兜圈子不拿主意,不作决断,模棱两可。因此,时间长了,大臣们都在背后称他为"模棱宰相",也有人称他"苏模棱"。这也是成语"模棱两可"的起源。

但他的诗文却写得十分好,他脍炙人口的《正月十五夜》，无论是写景，还是以景写人物的心情，都具有极高的艺术性。诗中写道：

>火树银花合，星桥铁锁开。
>暗尘随马去，明月逐人来。
>游妓皆秾李，行歌尽落梅。
>金吾不禁夜，玉漏莫相催。

从中，我们可以看到唐代社会生活的一些情况。在唐代，长安城每天晚上都戒备森严，禁止人们外出。每天太阳下山后，击鼓为号，实行宵禁。城里的市民听到鼓声后，家家关门，待在家里不能再外出。大街上有巡逻的士兵来回巡视，对私自外出者要予以严惩。不过，一年中正月十四、十五、十六灯节的这三天例外，人们可以到长安街上观灯玩耍。但此时也不能玩他个通宵达旦，官府用玉壶来计时，等到玉壶的水流光，人们就必须各自散去回家啦。也许正是由于此种原因，那难得的能自由上街的灯节之夜就显得格外美丽和迷人，让人沉浸于其中，流连忘返。

嘴尖毛短惹人烦

唐中宗神龙二年（706年），诗人薛令之就考中了进士，可是他在仕途上却一直不顺，直到唐玄宗当朝时才上了右补阙兼太子侍讲。当时，东宫官，即太子名下的官员不受重视，因此薛令之自此后多年也没有升迁的机会。他看到同年们一个个平步青云，心中既委屈又着急，于是题了一首名为《自悼》的五言诗：

朝日上团团，照见先生盘。
盘中何所有，苜蓿长阑干。
饭涩匙难绾，羹稀箸易宽。
只可谋朝夕，何由保岁寒。

诗的大意是：初升的太阳圆又圆，照着我的饭菜盘。盘子里有什么呢？只有一些横七竖八的煮苜蓿。米饭粗糙勺子难舀，汤水清稀显得筷子也粗大了。当这个没出息的小官只能混个早晚糊口，可到了寒冬年关时怎么过啊！

嘴尖毛短惹人烦

——明刊本《唐诗画谱》

也该着他倒霉,此诗题完后不久,恰巧唐玄宗到东宫巡视,看见了薛令之的这首题壁诗。玄宗读完后,龙颜不悦,认为他是在讽刺自己,就提笔续写道:

续薛令之题壁
李隆基

啄木嘴距长,凤凰羽毛短。
若嫌松桂寒,任逐桑榆暖。

此诗的大意是:你像啄木鸟一样嘴倒很长,自认为是凤凰只可惜羽毛太短,如果你嫌与松树和桂树为伴太清冷,那你就回家找暖和的地方吧!

薛令之看了皇帝的续诗后,吓得头晕目眩,半天才缓过神来。他擦去额上的汗想,现在皇帝只是让他滚蛋,还没有治他的罪,已是开恩啦。万一哪一天皇上不高兴,自己的脑袋可就保不住了。于是他谎说自己有病,打了个辞官报告回家了。

据说,直到太子李亨即位后,才想起了这位东宫旧人,想再召用他,谁知诏书方下,薛令之已去世了。

伶人歌里竞诗名

据说在唐玄宗开元年间某年的冬天，著名诗人王昌龄、王之涣和高适三人曾闲居长安。一天傍晚，天空中飘着沸沸扬扬的雪花，三位诗人乘兴相邀至一酒肆小酌赏雪。时店中有伶人（表演歌舞的人）数名正即席宴乐，笙管悠扬，歌声喧哗。三人至一角落的酒桌旁落座，细听歌词，发现一妙龄的姑娘正在唱王昌龄的一首七绝《芙蓉楼送辛渐》：

寒雨连江夜入吴，平明送客楚山孤。
洛阳亲友如相问，一片冰心在玉壶。

王昌龄听罢，心中窃喜。高适说："二位兄长均有令名，小弟不才，也因吟诗小有名声，今日咱们不妨赌一把，看她们唱谁的诗多就算谁赢，赢者免付酒钱，好不好？"另两位诗人立刻就来了兴致，齐声说好。王昌龄说："刚才我这首也应算数。"王之涣和高适说："可以。"王昌龄在身边的墙上画了一横。

接着就听另一位姑娘唱道：

哭单父梁九少府

高 适

开箧泪沾臆，见君前日书。

夜台今寂寞，犹是子云居。

高适忙在墙上画一横，拖着长腔说："敝人的拙诗一首。"

第三位姑娘接下唱道：

长信秋词（一）

王昌龄

奉帚平明金殿开，且将团扇共徘徊。

玉颜不及寒鸦色，犹带昭阳日影来。

王昌龄面露得意之色，在墙上又画一横说："哈哈哈，我两首了。"

王之涣有点沉不住气了，说："刚才这几位艺伶不过是下里巴人，唱不出什么阳春白雪的曲子。"他指着其中最漂亮的一位姑娘说："听她唱，如果唱的不是我的诗，我连请三场酒。"那二人说好，心中暗喜，以为又有酒喝了。等了一会儿，只听那位姑娘唱道：

凉州词

王之涣

黄河远上白云间，一片孤城万仞山。

羌笛何须怨杨柳，春风不度玉门关。

三人一听，一齐鼓掌大笑，王之涣兴奋得满面红光。伶人们不知为何，一位上前问了，才知他们三人便是这些诗的作者，于是就热情地邀他们参加宴会。三位诗人也不客气，与伶人们同席饮乐，尽欢而散。

楼前百戏竞争新

兴庆宫是唐代皇亲国戚们的游乐之处，周围风景秀丽，环境宜人。天宝十年（751年）九月，长安的天气异常地热，兴庆宫内从来不结果的柑橘树，忽然结了二百多个橘子。玄宗认为这是吉祥的兆头，非常高兴，下旨在兴庆宫的勤政务本楼前大宴当地百姓，与民同乐。

那天天高气爽，阳光明媚。兴庆宫内管弦齐鸣，香气缭绕，各种艺人也前来献艺助兴。其中有个杂技艺人王大娘的演出最为叫绝：只见她头上顶了一根一丈八尺长的竹竿，竿上吊着一木山，一个搽着胭脂的小男孩于木山上走来走去，身轻似燕，若不是他在高声唱歌，真让人以为他是一纸人儿。王大娘则顶着竹竿在下面旋转飞舞，节奏与歌声呼应，配合得优美、和谐，表演得惊险、刺激。

唐玄宗和杨贵妃在几个近臣的陪同下也看了这场精彩绝伦的演出。时座上有个在朝中担任秘书省正字的神童刘晏，年方十岁，他陪着皇帝和娘娘观看表演。大饱眼福的玄宗皇帝连连喝彩后，转过头来，让神童刘晏赋诗一首助兴。刘晏

沉思了片刻,高声吟出了下面这首诗:

楼前百戏竞争新

刘　晏

楼前百戏竞争新,惟有长竿妙入神。
说道绮罗偏有力,犹自嫌轻更著人。

众人听后,齐声叫好,几个大臣还赞叹他不愧是神童。杨贵妃也觉得他小小的岁数如此有才华,非常难得,就和他开玩笑说:"你年幼多才,为朝廷做事,当了秘书省正字,也不知正了几个字。"

刘晏听后笑着回答:"诸字皆正,唯有'歪'字'不正'。"

这句话语意双关,暗指朝廷中杨国忠一伙人搞歪门邪道,但因有贵妃娘娘包庇,自己这个正字也无可奈何。也不知是贵妃娘娘没听出这话里话,还是她兴致正高,并不介意,她和大臣们一笑了之啦。

这场宴会,从白天一直开到了晚上,楼上挂起了各种各样的花灯,夜幕下华灯齐放,光彩耀目,美丽壮观,一片盛唐气象。

巧扮伶人谋功名

唐朝著名诗人王维，二十岁时诗作就很有名气。他博学多才，对音乐、绘画也很精通。唐玄宗的弟弟岐王李范也喜爱诗文和音乐，所以十分赏识他的才华。

一天，王维对岐王说："我准备参加进士考试，不知能否考取第一名？"

岐王告诉了他一个秘密，有个名叫张九皋的读书人，已托熟人走门路想取第一名。

王维不甘示弱地说："他托的人如果不是主考官就不怕，他的诗文我读过，远不及我的好。"

岐王说："我听说他托的人是太平公主，很可能要录取他为第一名。"

王维有些着急地问："那可怎么办呢？"

岐王对他说："太平公主在朝廷的势力很大，不可硬争，我帮你想个办法吧，你回去准备几首你最满意的诗文，再谱一首优美的琵琶曲，三日后来见我。"

三日后，王维来见岐王。岐王说："今天太平公主府要举行歌舞宴会，请了许多达官贵人，你要想进宫见公主，就必须扮作伶人。"

王维说："一切听从岐王的吩咐。"于是岐王将王维由一个阔公子打扮成一个演奏琵琶的伶人，随后跟随岐王来到宫中参加宴会。

宴会上，王维站在一队伶人的最前面。由于他五官清秀，年轻俊美，气质高雅，很是引人注目。太平公主早就注意到了王维，她悄悄地问身边的岐王道："这个伶官我怎么不认识？"

岐王回答说："是我带来的艺人，擅长演奏琵琶。"

公主点了点头，在酒酣之际手指着王维说："前面的年轻人，请你先为客人们弹上一曲吧！"

王维坐在椅子上，调好音弦，取下拨子，弹奏起了新编的曲子。顿时，悠扬的琵琶声在整个宴会厅内荡漾，若淙淙的山间流水叮咚作响，如月下的松风轻轻拂过，如古寺钟声悠然响起……

一曲演奏完，满屋的人都赞不绝口。太平公主更是惊喜万分，她高兴地问岐王："这位年轻的艺人叫什么名字？"

岐王告诉她说："他叫王维，他不仅精通音乐，还擅长绘画，诗文写得更是天下闻名。"

太平公主忙问："他随身带有诗文吗？快些拿出来看看。"

王维将来前准备好的几首诗拿出献给了太平公主。公主展卷，轻声地读了起来：

山居秋暝

王　维

空山新雨后，天气晚来秋。
明月松间照，清泉石上流。
竹喧归浣女，莲动下渔舟。
随意春芳歇，王孙自可留。

太平公主读后又吃了一惊道："这首《山居秋暝》以前我已读过，原以为是古人的佳作，真没料到是出自一位少年之手。"

岐王乘机对太平公主说："这样的英才被公主发掘出来，真是国家的一大幸事。"

公主点头说："嗯，他应该参加今年的科举考试。"

"但是他发誓，如果不能考取第一名，就不参加今年的应试。"岐王眼望着太平公主说，"不过，听说公主已向主考官举荐张九皋为第一名了，不知可有此事？"

太平公主回答说："这是别人的传言，我对张九皋并不十分了解，如果王少年能参加进士考试，我可以向主考官推荐他。"

岐王对王维说："还不赶快拜谢公主。"王维忙站起来向公主致谢。

此后不久，太平公主专程将考官们召到自己的府上，向他们隆重推出了王维。王维的诗文自然也得到考官们的赞扬，给他们都留下了深刻的印象。在当年的进士考试时，王维果真考取了第一名。

不为功名添蛇足

唐玄宗开元十二年（724年），诗人祖咏到京城长安参加进士科考试，试题为《终南望余雪》。祖咏一看题目，心中窃喜，因为这是一个富有诗意的命题，便于诗人临场发挥。祖咏略作思索，挥笔在试卷上写下了四句诗：

终南阴岭秀，积雪浮云端。
林表明霁色，城中增暮寒。

写到这里，祖咏突然发现自己已写尽了心中的诗意。但是按照当时试帖诗的要求，还缺八句，祖咏若想被录取，必须再添上八句才行。祖咏当然也非常看重这次考试，于是他冥思苦想，腹中勉强也凑出了几句。然而祖咏偏又是个视艺术超过生命的人，他知道自己这四句诗所含的分量，它们已构成了一个完整无缺的艺术境界，如果自己为取功名，生硬地再添上几句，只能是画蛇添足。所以，在经过一番内心的激烈斗争后，他还是毅然决然地将四句诗交了上去。

——明刊本《唐诗画谱》

祖咏第一个交上了卷。主考官大人出于好奇，看了眼他的试卷，一下子就被诗的艺术魅力所折服，同时也深感遗憾，因为试卷上的诗虽好，但毕竟只有四句。他打量了眼祖咏，满面惊奇地问："现在还有充足的时间，你为什么不把诗写完再交卷呢？"

祖咏说："诗已写完了，我心中的意思已经全部表达出来了。"说罢便出了考场，同时也将一份艺术考卷推给了主考官大人。

至于说此事的结局如何，现在有两种说法：一是说他因只有四句而名落孙山；二是说那位主考官大人是个爱才之人，能不拘一格选用人才，祖咏那年还是幸运地中了进士。但是不管结局如何，祖咏作为一名诗人，他已在艺术和功名的二难选择中给诗神交上了一份合格的答卷。

方圆动静童逞才

唐代著名政治家李泌,曾四朝为官,是肃宗、代宗和德宗三朝的重臣,参与平定安史之乱及后来的军阀混战,为大唐王朝的中兴做出了功不可没的贡献。据说,李泌在童年时期就是一位名震京都的神童。

李泌七岁的时候就能写诗作赋,而且才思敏捷。唐玄宗听说他的才名后,一天突然心血来潮,派小太监在他家门口等着,趁他出来玩时偷偷抱入宫中。小李泌到了宫里,玄宗正和宰相张说下围棋,皇帝便让张说以《方圆动静》为题,试一试小神童的诗才。张说将皇帝的意思传达给李泌。

小李泌却眨着眼睛说:"宰相是人间的文曲星,理应由您先作。再说,也只有您作了,学生才能比着作。"张说素自负文才,也不谦虚,略一思索张口吟咏道:

方如棋局,圆如棋子。
动如棋生,静如棋死。

咏罢，张说便让李泌和之，并要求虚写，诗中不得有"棋"字。小李泌说可以，接着便摇头晃脑地高声咏道：

方如行义，圆如用智。
动如逞才，静如遂意。

玄宗和张说听了李泌的诗后，都不由得颔首称妙。应当说，李泌的这首诗，境界和气象远在张说的那首之上，它阐明了为人处世和治国的道理，显示了李泌自幼不凡的政治抱负。玄宗非常高兴，将小李泌亲切地抱在怀中，亲自从茶果盘中取果子给他吃。

张说见龙颜大悦，忙近前赞美道："我主圣明，洪福齐天，又得一小千里驹也。"

玄宗更加高兴，赏赐了李泌一些衣物和绸缎，并且命他到东宫陪伴太子（后来的唐肃宗）读书。然后又让太监把李泌的父亲带到宫中，对他说："你养了一个很有出息的孩子，你们应当好好地教育他，将来好做国家的栋梁。不过，也不要拔苗助长，过早地对孩子寄予太多的希望，那只会害了他。"李泌的父亲心中窃喜，连连称是。

从此，小神童李泌声名鹊起，成了开元年间的名臣张九龄、贺知章等人的忘年诗友，也为他将来登上大唐政治舞台奠定了坚实的基础。

谁有工夫问俗人

据说，唐玄宗天宝初年衡山的南岳寺中有个明瓒和尚，平日里好吃懒做，行为放纵，不能虔诚向佛，为寺内众僧所歧视，二十余年里一直在寺内打杂。

李泌二十岁左右时壮游名山大川，一天恰巧住在了南岳寺。他见明瓒和尚行为古怪，觉得他不同凡响。特别是某日半夜，李泌发现明瓒和尚在众僧熟睡后方到山林中打坐念经，声音底气十足，于是更加坚信他是一得道的高僧。

翌日夜半，禅房渐清，李泌一个人悄悄来到明瓒和尚住的露天僧房里，一揖到地。

明瓒一见，气呼呼地说："天机不可泄露，你是来害我的，我无可奉告，快快去吧！"

李泌更加恭敬地行礼。

和尚当时正用牛粪火烧芋头吃，他从火中取出一个，旁若无人地大吃大嚼，吃相极为丑陋。

李泌恭恭敬敬地说："大师不必佯狂，学生早就看出您不是此境中人，请大师为我指点迷津。"

谁有工夫问俗人

——明刊本《唐诗画谱》

和尚好像没听见一样，仍专心致志地吃他的芋头。又过了很久，和尚将一个自己吃了一半且吐了唾沫的芋头递给李泌。李泌接过来，香甜地吃下，并真诚地向他道谢。和尚这才懒懒地对他说："不用多说了，领取十年宰相吧。"李泌心明，赋诗一首，道谢而去。诗曰：

赠衡岳僧明瓒

李　泌

粪火但知黄独美，银钩唯识紫泥新。
尚无情绪收寒涕，谁有工夫问俗人。

关于明瓒和尚，民间至今还流传着他许多神奇的故事，由于它们和本诗的关系不是太大，不复赘述。但有一点必须补叙，即和尚的话很快便得到了应验。从唐玄宗天宝十年（751年）始，李泌便到朝廷为官，前后经历玄宗、肃宗、代宗、德宗四朝。在后三朝，因其学识丰富，人情练达，胸有韬略，他都掌握着朝廷的实权，地位相当于宰相。明瓒和尚说他"领取十年宰相"，言之不虚也。

酒楼吹笛是新声

李谟是唐代著名的音乐家，少年时便善于吹笛。有一年的八月十四，唐玄宗在东都洛阳的天乐宫中听一段新谱的乐曲。乐曲声调高亢，旋律富丽多变，婉转动听，洋溢着一派盛唐气象。

第二天夜晚，他在御花园里饮酒赏月。突然，宫墙外传来悠扬的笛声，而且吹的正是昨晚所听的那首新谱的曲子。这令他大吃一惊。第二天，他下令寻找这个吹笛人。吹笛人很快就被找到了，因为附近的人们大多都听他吹过笛。

吹笛人被带到了唐玄宗面前。玄宗又吃了一惊，他没想到那位模仿能力极强的吹笛人竟是一位俊俏的少年人，不由得心生爱意，便和蔼地问道："你叫什么名字？"

少年答道："我就是那位喜欢吹笛的李谟。"

玄宗又问："你从哪儿学来的宫中乐曲？"

李谟回答："昨晚在桥下赏月，不想听到了宫中演奏的仙乐，觉得非常好听，所以记了下来。"

玄宗暗暗地点头说："原来是这样。"于是，李谟被留在

了宫中,后来李谟成了皇家梨园的著名乐师。

诗人张祜以诗的形式记下了此事。诗曰:

李谟笛

张　祜

平时东幸洛阳城,天乐宫中夜彻明。

无奈李谟偷曲谱,酒楼吹笛是新声。

此后,李谟的笛艺大进,再加之天子恩宠,他自认为自己吹笛已天下无人可比,自然生出了些傲气。

有一年他到越州(今浙江绍兴),十几个读书人于镜湖上泛舟游乐。傍晚,游船驶入了湖心,李谟开始吹笛,满船人赞叹不绝。唯有撑船的老人一声不吭。这让李谟很不高兴,认为老人轻视自己。一位书生不屑地说:"这老头久居乡村,没有听过高雅的音乐,对这首乐曲更一无所知。此可谓是对牛弹琴也!"在座的人对老人发出一片笑声。

老人并不生气,他慢条斯理地说:"你们怎么会知道我不懂乐曲?如果我不懂,就会同你们一起吹捧乐师啦。刚才他吹的是《凉州曲》,音调里有胡人的声调,可能向龟兹(古代西域国名,在今新疆库车一带)人学的吧!"

李谟非常吃惊地说:"我的乐师就是龟兹人。"

书生们大跌眼镜,于是纷纷请老人吹奏一曲。李谟也诚恳地请求老人献技。

老人接过李谟的笛子看了看说:"此笛并不好,吹时容易破裂,你不心疼吧?"

李说:"不心疼,老人家只管吹奏就是。"

老人将笛子一横,放到了唇边,只听笛声骤响,声彻云霄,水泛碧波,锦鳞跃渊,水鸟忘飞,风翼暂住。船上的人如入仙境,几乎都忘掉了自己的存在。突然,笛裂音绝,可人们依然陶醉在美妙的笛声中。

第二天,李谟又来湖中找撑船的老人,想拜他为师,但老人却已不知去向。李谟怅然良久,从此谦虚多了,亲身体会了"山外有山,人外有人"的道理。

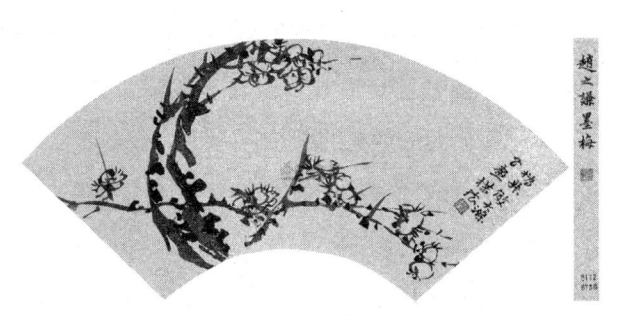

新宠不能忘旧恩

在唐朝,有权势的人仰仗权势霸占民间妇女是很普遍的事,王侯贵戚抢劫民间美女更是习以为常的事。唐玄宗的哥哥宁王李宪为人飞扬跋扈,骄奢淫逸。当时宁王府里有美姬艳妾数十人,但他仍不知足,还四处挑选民间美女供他享乐。

一天他外出游览,回来的路上在一家小店歇息。这时,一位少妇从店里走了出来,看上去也就是刚二十出头,体态轻盈,婀娜多姿,白皙的脸庞上有一双晶亮含笑会说话的大眼睛。宁王目不斜视地望着她,惊喜地叹道:"真想不到,这样的人家竟有如此的漂亮的娘子!"

善于察言观色的侍从忙吩咐少妇:"还不快过来拜见王爷!"

少妇过来慌忙施礼道:"民女不知王爷在此,有失礼节,请王爷恕罪!"

宁王笑道:"免礼,本王爷不怪你,你可愿进王府享受荣华富贵?"

少妇忙回答:"民女早已嫁人,愿随丈夫白发到老。"

第二天，宁王李宪派人强行将少妇带走。少妇的丈夫苦苦哀求官差高抬贵手。

官差说："这是官府的命令，当差的谁敢违背啊！"

少妇被抓进王府，虽受到宁王的百般宠爱，但整日都以泪洗面，一言不发。

一天夜里，宁王问少妇："爱姬整日怏怏不乐，我心里很不好受，我为你做一件什么事，才能令你开心呢？"

少妇回答说："唯一可让我开心的事，就是让我同丈夫见上一面。"

宁王有点儿吃醋地说："难道我对你还不好吗？你竟然还要见他！"

少妇回答道："王爷对我很好，但我是有夫之妇，是被你硬带到王府来的，我心里能高兴起来吗？"

不久，王府举办宴会，宁王一时高兴，叫人找来她的丈夫，让他们夫妻见上一面。夫妻相见，丈夫抱头痛哭，妇人以泪洗面，场面让人伤心凄楚。当时在座的客人中有诗人王维，他非常同情这一对患难见真情的夫妇，于是即席赋诗一首，诗曰：

息夫人

王 维

莫以今时宠，能忘旧日恩。

看花满眼泪，不共楚王言。

诗中的息夫人是春秋时息国国君的夫人，长得非常美丽，人称"桃花夫人"。息国很小，又与楚国相邻，楚文王为了得到息夫人，派兵吞灭了息国，把她掳进宫里做他的妃子。息夫人进宫后虽然为他生了两个儿子，但从没同他说过一句话。楚王想知道是什么原因，所以屡次派人问她。息夫人对来问话的人说："我是息国国君夫人，楚王为了得到我而灭掉了一个国家，我又是被强抢进宫里的，我应该去死，我现在没死，但同死人也没有什么区别，我的心早已死了，死人还有什么话可说的？"

此诗借古讽今，借春秋时息夫人的故事诉说了少妇心中的哀怨。宁王当场看了王维的诗，深受触动，又想起春秋时息夫人的故事，知道强扭的瓜不甜，就让那人领着少妇回家了。

偷把宁王玉笛吹

天宝年间的一天，玄宗在宫中宴请他的本家诸王，时杨贵妃也在座相陪。席上命念奴唱歌。歌声婉转悠扬，清彻悦耳。宁王（唐玄宗的哥哥）兴来，吹紫玉笛为之伴奏，他们玩得好不快活。

宴会散后，唐玄宗上厕所去了，杨贵妃一人独坐，觉得好没意思，忽见宁王所吹的紫玉笛还在桌上，于是拿来欣赏，不知不觉就吹了起来。

杨贵妃正吹时，玄宗出来了，他满含醋意地对她说："你自己有玉笛干吗不用？这紫玉笛是宁王的，他刚吹过，上面还有他的唾沫呢，你怎能吹？"贵妃听说后，触动了她和另一妃子江采萍（即梅妃）争宠的醋意，便回答道："宁王已经吹完很长时间了，我吹一下有什么关系？还有的人脚被别人踩着，连鞋帮都开线了，皇上却置之不问，为什么单单责备我呢？"

原来，以前唐玄宗宠爱梅妃时，一次宴会上宁王喝醉了，当梅妃前来敬酒时，他有意无意地踩了梅妃的绣鞋，使鞋上所缀的珍珠脱落了一地。本来调戏皇上的爱妃是有杀头之罪的,但唐玄宗出于友爱,在宁王认错赔罪后,没再追究此事。杨贵妃借此来讽刺玄宗。唐玄宗大怒,立即命太监高力士将她送回杨家,不许她再回宫。杨家原来因杨贵妃得宠而权势如日中天,国舅杨国忠贵为宰相,贵妃的两个姐妹分别被封为虢国夫人和韩国夫人。杨贵妃这次被赶出皇宫,立即吓得杨国忠及贵妃的姊妹们大哭,认为祸在旦夕。后来杨贵妃想了很多办法,托了不少人,才重新入宫,得到唐玄宗的宠爱。

这事作为皇宫中的笑话传到了民间,中唐诗人张祜为此写了一首七绝,诗曰:

宁王玉笛

张　祜

虢国潜行韩国随,宜春深院映花枝。
金舆远幸无人见,偷把宁王玉笛吹。

此诗含蓄巧妙地讽刺了杨家姐妹的淫荡生活,揶揄了皇帝唐玄宗的好色。

何必珍珠慰寂寥

杨玉环进宫之前，唐玄宗曾有一个非常宠爱的妃子叫江采萍，她十分喜欢梅花，因而唐玄宗称她梅妃。她气质高雅，姿态明秀，能诗善赋，喜淡妆雅服。梅妃不像杨玉环那样在皇帝面前千娇百媚，撒娇讨宠，所以自杨玉环入宫后，玄宗便对梅妃日渐冷落。

一天，唐玄宗在兴庆宫花萼楼宴游，触景生情，突然想起了梅妃，往日的情景一幕幕涌现在眼前。他很想见梅妃，又怕身边的杨贵妃生气，于是派人偷偷送给梅妃一斗珍珠。梅妃没有收，而是给皇帝写了下面这首七绝诗：

谢赐珍珠

江采萍

柳叶双眉久不描，残妆和泪湿红绡。

长门自是无梳洗，何必珍珠慰寂寥。

唐玄宗看过这首诗后，心里也十分不好受，他令乐府给

——明刊本《唐诗画谱》

它配了曲子演唱,曲名为《一斛珠》。但当时玄宗正迷恋杨贵妃,不多日就又把梅妃给忘掉了。

安史之乱后,叛军两渡黄河并攻破潼关,长安城内一片混乱。唐玄宗带着杨贵妃姊妹及少数大臣逃往蜀地,此时他早已将梅妃忘到九天云外去了。当他再次返回长安时,身边已无杨贵妃,寂寞的唐玄宗(此时已是太上皇)这才又想起了梅妃,于是悬赏派人寻找,可一直也没有找到。在这期间,有位太监向他献上了一幅当年梅妃的自画像。像画得很逼真。太上皇看后十分悲伤,流下了浑浊的老泪,并在画上题了首七绝诗:

题梅妃画真
李隆基
忆昔娇妃在紫宸,铅华不御得天真。
霜绡虽似当时态,争奈娇波不顾人。

后来,太上皇终于打听到了梅妃的下落。原来,当年叛军攻进长安,江采萍被乱军杀死,埋在温泉池附近的梅树下。太上皇命人挖开坟墓,得到了梅妃的尸体,肋下果然有好几处刀伤。太上皇不禁潸然泪下,左右都不忍心观看。太上皇哭罢,自写悼文,为梅妃重新下葬。

归帆万里赴扶桑(上)

在唐代,日本同中国的来往比较密切。日本的使节、僧人、留学生等经常不顾东海的惊涛骇浪,冒着生命危险不远千里来到中国。他们中与大唐王朝关系最为密切的,当数阿倍仲麻吕,即晁衡。

开元五年(717年),年仅十六岁的阿倍仲麻吕来到长安,入太学读书。他读书非常刻苦,通读了《史记》、《汉书》《后汉书》等多部史书,还写得一手好诗,在长安的文化人中颇有盛名。唐玄宗听说这位日本青年才华横溢,决定接见他。

会见时,唐玄宗问阿倍仲麻吕道:"你为什么要离开家乡来大唐读书?"

阿倍仲麻吕回答说:"大唐有悠久的历史,灿烂的文化,国家昌盛,百姓富裕,我想学习你们先进的政治、文化,以建设我的国家。"

唐玄宗很高兴地说:"好啊,你回国后将传播我大唐的文武之道,增进我们两国的友谊,可谓是志向远大。"

在取得阿倍仲麻吕的同意后，唐玄宗决定将他留在朝廷担任官职，并御赐他一个中国的名字——晁衡。阿倍仲麻吕忙跪拜谢恩："谢皇上的赏识和恩赐。"从此，大唐的吏部册中就有了这位日本人的名字。

天宝十二年（753年），日本孝谦天皇派遣使者，乘四条大船来到中国。唐玄宗在大明宫中接见了日本使团，并命令当时任秘书监兼卫尉卿的晁衡负责接待。晁衡陪同使者们参观了朝廷的宫殿和府库，还请来了画家为使者们画像作为留念。

晁衡接待了家乡的来使后，思乡之情油然而生，于是产生了要回国的念头。夜里，他辗转反侧，久久不能入睡。妻子看出了他的心思，在一旁轻声地劝慰道："我知道你现在在想什么，你这些天和同胞们在一起，怎么能不勾起去国怀乡的念头呢？"

晁衡长叹一口气说："我已经在长安生活了三十六年了，虽然已习惯这里的生活，也非常热爱这里的一草一木，但我毕竟出生在日本，我是一个日本人啊！"

妻子非常担心地问："你在大唐都为官这么多年了，皇帝又非常欣赏你，你若要远渡重洋归国，皇上能恩准吗？"

晁衡说："明天清早，我就去朝见皇上，请圣上恩准。"

第二天，晁衡朝拜皇上后说出了自己的心思。

唐玄宗略作思忖说："你生在日本，在大唐为朝廷做了许多事，现在渴望回到家乡，探省多年未见的亲人，此为人

之常情,朕怎么能不同意呢?带上你的妻子返回日本吧!希望你把我大唐的文明礼仪也带到日本去。"

晁衡郑重允诺:"多谢陛下,臣不才,回去后一定努力弘扬大唐文明!"

晁衡在长安时,与著名诗人李白、王维等都有很深的交往,他们相互学习,共同探讨诗文,结下了深厚的友谊。王维知道了晁衡东渡日本的消息,赶来为他送行。两人依依惜别,难舍难分。晁衡流着泪说:"先生是我的老师,在诗文上给了我很大的帮助,学生终生感激不尽,临别时您再赐我一首诗吧!这是最好的礼物。"

王维欣然同意,并提笔写下了下面这一首五言诗:

送秘书晁衡监还日本

王 维

积水不可极,安知沧海东!
九洲何处远?万里若乘空。
向国惟看日,归帆但信风。
鳌身映天黑,鱼眼射波红。
乡树扶桑外,主人孤岛中。
别离方异域,音信若为通!

归帆万里赴扶桑（下）

日本使者的访问活动结束后，晁衡携妇将雏踏上了回国的路途。除日本使者外，同行的还有我国唐代著名的高僧鉴真和尚。日本使者这次来大唐，特别来到了扬州大明寺参拜了鉴真，并请他东渡日本传授佛经。鉴真早年曾经多次想东渡日本传道，由于海天茫茫，结果都没有去成；如今虽已双目失明，但他传教的决心毫不动摇，他毅然随使者一同前往。

途中一个月明星稀的夜晚，银光洒遍了海面，海天一片茫茫。晁衡站在甲板上，出神地看着远方，心中思绪万千，他多么盼望早日返回几十年未归的故乡。这天夜里，他写下一首《望月望乡》的五言绝句：

> 翘首望长天，神驰奈良边。
> 三笠山顶上，想又皎月圆。

然而，大海是无情的，它并不想帮思乡心切的游子的忙。一天他们在海上遇到了台风，晁衡乘坐的那条船在狂风巨浪

中失事,船上的人大部分遇难,只有晁衡和几个使者幸免于难。他们被潮水卷回了岸边,后从陆地返回了长安。许是佛祖保佑,鉴真大师乘坐的那条船却冲破了惊涛骇浪,最后终于到达日本,鉴真大师东渡的愿望终于实现了。

诗人李白从江南听说晁衡乘坐的船遇到台风暴雨后,以为晁衡已遇难身亡,他悲痛万分,写了下面这首诗来沉痛悼念这位日本友人。

哭晁衡

李 白

日本晁卿辞帝都,征帆一片绕蓬壶。
明月不归沉碧海,白云愁色满苍梧。

这首诗的意思大抵是:日本友人晁衡离开了长安,乘船驶向大海那边的故乡。我的朋友再也不会归来了,他沉到了碧海深处。忧愁的白云遮住了苍梧山,它也在悼念我这位朋友的逝去吧。

后来,大诗人李白才知道他这首悼诗写早了——晁衡返回长安后,继续在朝廷任职,一直到唐代宗大历五年(770年)去世。

沉吟不敢怨春风

唐玄宗天宝年间,洛阳城东有个读书人叫崔玄微,不热功名,性喜修道。有一次,他进山采药,离家一年多方回。回来后,但见宅院中杂草丛生,荒芜不堪,他刈草庭除大半日后方住了下来。

一个春风拂面的晚上,他独自一人坐在院中,看着空中皎洁的明月出神。三更时,阵阵凉风吹来,崔玄微感到有些凉意,便准备回房休息。这时,突然从院外走进一位年轻貌美的姑娘。姑娘对主人说:"我们几个女伴出门在外,想借先生的房子住一宿,不知可否?"崔玄微欣然应允。

不一会儿,院外又进来十几个漂亮姑娘。

他问道:"你们要到什么地方去?"

她们说:"我们要去看望封十八姨。"

崔玄微问:"封十八姨是谁?"

姑娘们还没来得及回答,门外一个姑娘慌忙来报告说封十八姨来了。这时,一个长相极丑的老婆子乘着一阵凉风来了,态度非常骄横冷淡。

姑娘们在院中摆起了酒宴,一边喝一边轮流唱起歌来。轮到穿红衣服的姑娘饮酒唱歌时,她唱了下面这首诗:

洛下女郎歌(一)
红裳女

皎洁玉颜胜白雪,况乃当年对芳月。
沉吟不敢怨春风,自叹容华暗消歇。

接着,一位白衣姑娘敬了封十八姨一杯酒后唱道:

洛下女郎歌(二)
白裳女

绛衣披拂露盈盈,淡染胭脂一朵轻。
自恨红颜留不住,莫怨春风道薄情。

轮到封十八姨斟酒时,她由于看不起这些姑娘,故意将酒洒在一个名叫石阿措的姑娘身上。石阿措生气地说:"你别欺人太甚,别人有求于你,都惧怕你,我可不怕你!"

封十八姨冷笑了两声后说:"小妮子耍酒疯呢,老娘不爱和你理论。"说罢,气呼呼地走了。大家不欢而散。

第二天晚上,石阿措来求崔玄微说:"实不相瞒,我们都是你院中的花木,红衣女是桃花仙子,白衣女是李花仙子,我是石榴仙子,封十八姨是风神。所以大家都怕得罪她,希望她手下留情。昨晚的事想必你已看见了，因了我的轻率，得罪了封十八姨，不久她就要惩罚我们啦，请你帮帮我们吧。"

崔玄微说："我怎么能帮你们？"

石阿措说："请你做一面红色的旗子，上画日月五星，在本月二十一日起微风时，马上立在院子东面就行了。"

崔玄微依言行事。果然，那日洛阳城中，狂风骤起，飞石折树，可崔家的院中风平浪静，花木无损。几天后，众位花仙子向院主人拜谢而去。

一片冰心在玉壶

唐开元年间的一天早晨，润州（今江苏镇江）西北角的芙蓉楼上来了两位读书人，一位是大诗人王昌龄，另一位便是他的朋友辛渐。辛渐要在这里坐船，取道扬州到洛阳去。王昌龄到此是为好友饯行的。

时值深秋，凄迷缠绵的秋雨更添别愁。两位好友三杯饮罢，站在芙蓉楼上凭窗眺望那滚滚东去的江水，江上愁雨斜织，烟雨弥漫，二人心里都湿漉漉的，久久无语。还是诗人先打破了沉默，他慢慢抬起头来，眼望着朋友说："辛兄，此地一别，不知何时才能相见啊！"

辛渐强作欢颜，心情沉重地说："多情自古伤别离，兄台也不必过于伤怀，山不转水转，人何处不能相逢？弟只是担心兄台不拘小节，正直敢言，群小还会怨恨和诽谤您啊！"

王昌龄凄苦地一笑道："是啊，几年来屡次被贬官，先到岭南，后又到这里，贬来贬去，也已习惯啦！"

辛渐说："真难得王兄对此淡然视之，痴心不改，胸襟广阔。"

——明刊本《唐诗画谱》

王昌龄微微地摇了摇头说:"不必过誉,有道是'山好移,性难改'嘛!只是弟走后,我连个说句知心话的朋友都没有了。"

辛渐心中一沉,停了停说:"我听说你在洛阳那边有不少好朋友,他们也一定听到了许多对你不利的流言,如果他们关切地问起你来,我将说什么好呢?"

王昌龄昂起头,目光炯炯地说:"洛阳的亲友如果问起我,请你告诉他们,我的心就好像玉壶里的冰心那样晶莹透明,决不会被功名利禄和流言短长所左右。"他心中顿感诗意汹涌,朗声吟出了这首传诵千古的送别诗:

芙蓉楼送辛渐

王昌龄

寒雨连江夜入吴,平明送客楚山孤。
洛阳亲友如相问,一片冰心在玉壶。

吟罢,二人返回席上畅饮,心情也觉得畅快多了。

船家催行,二人再次珍重道别。辛渐登上船,小船慢慢驶向水雾迷蒙的远方。王昌龄久久地站在江岸上,泪眼模糊地望着远去的帆影。他不由得叹了口气,觉得自己就像远处矗立的楚山一样孤零零的了。

金龟换酒酬诗仙

李白年轻时曾游历祖国的大好河山。一年,诗人从四川赴京都长安,路上在客栈内完成了著名的《蜀道难》一诗。此诗想象奇瑰,豪迈恣肆,气势雄伟,一唱三叹,流露出了诗人极强的政治远见。险绝难行的"蜀道"又是一个象征意象,寄寓了诗人人生仕途之坎坷难行。李白对此神来之作也非常满意。当他来到长安时已是筋疲力尽了,可他仍禁不住心中的冲动,很想知道朋友们对此诗的看法。

斜阳西沉,他兴致勃勃地来到紫极宫,拜见了当时著名的诗人贺知章。

当天晚上,贺知章、李白二人和几位诗友来到长安一著名的酒楼畅饮。

许是由于见到这位天才后生后太激动了,贺知章到了席上才想起身上没带一文钱。为了不扫大家的雅兴,他思忖一下,马上解下随身携带的饰物——金龟来抵押酒菜钱,还高声地喊道:"快快上好酒好菜,为我们远道而来的天才洗尘助兴啊!"

酒宴上,大家相互敬酒祝贺,一片欢乐气氛。

三盏过后,李白已是按捺不住,他放下酒杯,从袖筒里取出《蜀道难》一诗,递给了老诗人贺知章,说:"此次蜀道之行,感受颇深,吟得拙诗一首,还望各位兄台指正!"

贺知章接过诗,一目三行地浏览了一遍,然后高声朗读起来:"噫吁嚱!危乎高哉!蜀道之难,难于上青天……"

气势磅礴的诗句,在老诗人抑扬顿挫的朗读声中,几乎把整座酒楼都震颤了。众人面前都呈现出了一幅幅神话和现实完美交织的瑰丽景象。直到朗诵完了,人们还呆呆地沉浸在诗作博大卓绝的艺术氛围里。

许久,贺知章才朗声打破了这至美无语的静谧:"好啊,此诗定是千古之绝唱!太白真不愧是'谪仙人'也!"

从此以后,贺知章经常向友人赞扬李白的诗,李白"谪仙人"的诗名更是不胫而走。

李白终生难忘这次知音好友的聚会,一直到贺知章逝世后,李白仍念念不忘。有诗为证:

对酒忆贺监

李 白

四明有狂客,风流贺季真。

长安一相见,呼我谪仙人。

昔好杯中物,今为松下尘。

金龟换酒处,却忆泪沾巾。

诗中，洋溢着诗人对忘年交贺知章的怀念和感激之情。它追忆了当年聚会时的情景，一个慷慨豪饮、风流倜傥的老诗人形象栩栩如生地立在读者面前了。

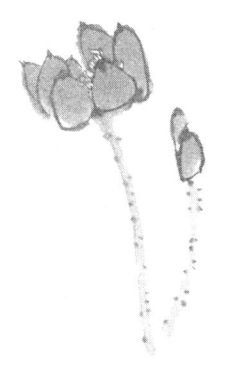

此处有景道不得

诗人李白年轻时曾仗剑远游。一天，他平生第一次登上了那心仪已久的黄鹤楼（此楼在今湖北武汉长江大桥武昌桥头。因楼在黄鹤矶上而得名。后人附会，说有仙人乘黄鹤来此，因而得名）。从楼上远眺浩浩荡荡、横无际涯的大江，诗人不禁心潮澎湃，诗兴勃发，正想题诗留念，忽然看见诗人崔颢题在黄鹤楼上的一首七律，诗曰：

黄鹤楼
崔　颢

昔人已乘黄鹤去，此地空余黄鹤楼。
黄鹤一去不复返，白云千载空悠悠。
晴川历历汉阳树，芳草萋萋鹦鹉洲。
日暮乡关何处是，烟波江上使人愁。

李白看罢，折首心服：崔颢的诗写得太好了！诗以古体行律，气格超然，不为律缚，不拘对偶，纯以境胜。前四句发思古之幽情，后四句即景寓情，抒怀乡之思，意得象先，神行语外，纵笔挥洒，一气流转，雄浑苍茫，毫无衰飒，一派盛唐气象。他只好搁笔叹道："眼前有景道不得，崔颢题诗在上面。"

但此时的李白，心强气盛，虽心服而气不顺，总想找机会题一首和崔颢的《黄鹤楼》相媲美的诗。几年后，金陵（今江苏南京）的凤凰台就为诗人提供了一试身手的机会。

凤凰台，故址位于今南京城西南。相传南朝宋元嘉十六年（439年）有凤凰来集山间，遂起台于山，谓之凤凰台。李白登台游览时，恰值被群小排挤，离开长安后不久，心中抑郁悲愤，感时伤世。金陵曾为旧朝古都，一时繁华，曾演出一幕幕兴亡剧。而今登临，凤去台空，繁华顿歇，那吴宫的花草，晋代的衣冠，六朝的金粉，都随浩浩荡荡长江东逝去。这种深沉的历史感慨，成就了诗人《登金陵凤凰台》一诗：

> 凤凰台上凤凰游，凤去台空江自流。
> 吴宫花草埋幽径，晋代衣冠成古丘。
> 三山半落青天外，二水中分白鹭洲。
> 总为浮云能蔽日，长安不见使人愁。

应当说，李白这首诗确受崔诗影响，且有意袭用了崔诗的韵脚。但他却因而有革，拟而有创。崔登楼以寄怀乡之思，李登台以抒忧国之怀，各具特色，同臻妙境，并为绝唱。

好一个诗仙李白！

名花倾国两相欢

　　天宝初年春季的一天,兴庆宫龙池东面以及沉香亭周围的各色牡丹竞相开放,花园里处处姹紫嫣红,春色醉人。唐玄宗与杨贵妃前来赏花。为了助兴,唐玄宗让当时著名的宫廷乐师李龟年挑选了十六名乐工一同前往。到了沉香亭,乐工们便开始奏乐唱歌。他们唱了一曲又一曲,唐玄宗都感到不满意,他对李龟年说:"今天赏名花,对贵妃,怎么可以再听这些老掉牙的曲子呢?快到翰林院召李学士来填写新词。"

　　李龟年领旨来到翰林院,李白不在,有人说他一早就出去喝酒了。李龟年只好带人到长安市中找寻。寻至一酒楼前,忽听得楼上有人高声狂歌:

　　　　三杯通大道,一斗合自然。
　　　　但得酒中趣,勿为醒者传。

　　他知道此人一定是李白,于是急忙上楼去请。谁知李白已酩酊大醉,侧伏于杯盘狼藉的酒桌之上。

李龟年近前高声喊道:"奉旨立宣李学士至沉香亭见驾。"

醉梦中的李白竟全然不理,推了他一把道:"我醉欲眠君且去。"说完又睡着了。

李龟年无奈,只好叫人抬着李白下楼,把他绑在马背上,驮至兴庆宫。

下马后,李龟年将李白一直扶到沉香亭。李白见到皇帝时,醉极不能朝拜。唐玄宗并不介意,命太监取毛毯铺于亭畔,让他先睡一会儿。等了半个时辰,仍不见他醒来,复命一乐工含冷水喷诗人面。李白醒了,猛然看见皇上,忙爬起来跪在地下说:"臣罪该万死!"

唐玄宗大笑,再命人到御膳房要醒酒汤。汤来后,皇帝老子竟亲自用调羹调温,让诗人喝下。

唐玄宗对他说:"今日春光明媚,鲜花盛开,寡人不想听旧乐,故请李学士来填新词,这样才不辜负了满园的春色。"

李白说:"臣遵旨!请陛下先赐我御酒两坛。"

唐玄宗忙说:"你刚醒,再喝醉了怎么办?"

李白笑道:"臣是斗酒诗百篇,只有醉后才能写得出好诗。"

于是,唐玄宗命人赐酒。李白饮毕,立即赋了《清平调》三首:

(一)

云想衣裳花想容,春风拂槛露华浓。
若非群玉山头见,会向瑶台月下逢。

(二)

一枝红艳露凝香,云雨巫山枉断肠。
借问汉宫谁得似,可怜飞燕倚新妆。

(三)

名花倾国两相欢,长得君王带笑看。
解释春风无限恨,沉香亭北倚阑杆。

  唐玄宗读了后大喜,称赞李白果真不愧为"诗仙",并命李龟年等即时演唱。杨贵妃在旁也早已领会了诗意,她见李白将自己比成瑶台仙娥,美女"飞燕",心中自是高兴,亲赐李学士一杯西域产的贡酒。

  谁知说者无意,听者有心——自从李白当朝让高力士为他脱靴后,高力士一直怀恨在心,想寻个借口治治李白。一天,杨贵妃又在宫里美滋滋地诵《清平调》三首,高力士见四周无人,便凑过去对她说:"贵妃娘娘,李白这首诗是在讽刺您啊,娘娘难道没看出来吗?"

  杨贵妃不高兴地问:"这从哪儿说起?"

  高力士说:"汉成帝的爱妃赵飞燕私通燕赤凤,干了许多见不得人的丑事，她怎么能与娘娘相比呢？"

贵妃一听，脸一下子红到了脖子，她认为李白是在借古喻今，讽刺她和安禄山的私通之事，因此也对李白怀恨在心。后来，她和高力士等齐心协力，在唐玄宗面前说李白的坏话。李白在入长安三载后，终于被"赐金还山"了。

桃花潭水浅于情

公元745年,李白因恃才放旷,不合宫廷规矩被唐玄宗"赐金还山",他被迫离开长安,开始了人生第二次游历生涯。

宫闱无情,山水有情。李白一路游山玩水,遍交各路豪杰,长安失意的郁闷一扫而光。

一天李白来到泾县(今在安徽境内)漫游,行至某处,忽然一家丁打扮的人送来书信一封。他拆信一看,上面赫然写道:"先生好游乎?此地有十里桃花。先生好饮乎?此地有万家酒店。"再看后面的落款,署名是汪伦。李白寻思一会儿,觉得并不认识此人。可李白生性豪爽爱饮,"有景有酒即吾友",所以他毫不犹豫地随那位送信人前去赴约。

一路上,李白东张西望,他欲寻找那十里桃花盛开、红云烧天的盛景,欲看万家酒旗迎风的盛况,可是怎么也寻不见。李白禁不住暗自生疑。

来到汪府,员外汪伦和当地的几位读书人迎上前来。寒暄见礼已罢,李白进府随主人赴席。酒到中旬,李白问起信中所说的"十里桃花"和"万家酒店"。汪伦及陪客的几位读书人都哈哈大笑。

李白被笑傻了,问汪伦:"员外为何发笑?"

汪伦这才告诉他:"敝村附近有条十里清溪名叫桃花潭,故曰'十里桃花';有一姓万的人家开的酒店,难道不是'万家酒店'吗?"

李白听后恍然大悟,众人一同大笑起来。

此后几天,热情的主人陪诗人遍览泾县境内美景,结识了当地几位小有名气的文人墨客,李白感到玩得非常惬意。

天下无不散的宴席。几天后,李白兴尽告别。汪伦和当地的许多文人墨客前来溪边送行。他们舍不得诗人离去,沿着曲曲折折的溪岸,唱着歌,送了诗人一程又一程。李白心中万分感动,挥笔于船上写下了《赠汪伦》这首著名的送别诗:

> 李白乘舟将欲行,忽闻岸上踏歌声。
> 桃花潭水深千尺,不及汪伦送我情。

孟君何不诵《春晓》

在唐代大诗人孟浩然众多的诗作中,最广为人知的无疑当数《春晓》了,此诗集中体现了诗人冲淡平和的艺术风格。可是在当时,诗人的另一首诗更广为人知,诗人因此诗而得罪了皇帝唐玄宗。

孟浩然年轻时,一直在家乡襄阳(今湖北襄樊)附近的鹿门山上读书作诗。唐玄宗开元十六年(728年),四十岁的孟浩然才到了京都长安,并结识了著名的诗人王维和宰相张九龄等。孟浩然白衣揖卿相,与他们诗文往来,诗名很快就在京城传播开来。这也为他偶见龙颜提供了机会。

有一天,孟浩然参加完进士考试,来到王维的官邸内,不巧皇上唐玄宗驾到。这可吓坏了孟老夫子,他来不及回避,只好躲藏在床下。

玄宗走进屋里,打量了一下四周。王维不敢对皇帝隐瞒,只好说出了实情。唐玄宗听后并不介意,问床下是哪位诗人。王维告诉他是写《春晓》的那位。皇帝龙颜大悦,说:"寡人早就听说过他了,何必躲藏,快快出来吧。"

85 孟君何不诵《春晓》

——明刊本《唐诗画谱》

孟浩然慌里慌张地从床下爬出，叩见皇上。唐玄宗说："寡人听说你会写诗，能否为我吟咏一首？"

孟浩然想不到皇上如此赏识他，有些受宠若惊，慌忙从袖筒里取出他的一首新作，大声朗诵道：

岁暮归南山

孟浩然

北阙休上书，南山归敝庐。
不才明主弃，多病故人疏。
白发催年老，青阳逼岁除。
永怀愁不寐，松月夜窗虚。

唐玄宗听完这首诗后很生气，特别是诗中"不才明主弃"一句，更是让他恼怒。他气呼呼地说："你这么多年都不来京城考取功名，怎么能说是我抛弃你呢？你这不是在讽刺寡人吗？"

孟浩然吓得一句话也说不出来。皇帝甩袖离去了。王维用手拭了拭额上的虚汗说："孟兄，真不知你是怎么想的，你千里迢迢来京应试，天赐良机让你得见陛下，你怎么敢对皇上发牢骚呢？你若没有什么新诗，何不诵你的《春晓》呢？"

孟浩然余悸未消，无言相对。

王维长叹一声说道："唉，也罢，陛下平日听惯了歌功颂德的奉承话，今日你却当面奚落他，不赐你一死就算是恩典啦。"

再说唐玄宗，回到宫里后气还不顺，于是又下了道圣旨：像孟浩然这样的迂夫子，不能中进士，永远也不能让他做官。孟浩然因此触怒了龙颜，无奈只好回去过他的隐居生活啦。

夫子风流天下闻

话说孟浩然一不小心得罪了皇帝唐玄宗,他在长安再也住不下去了。当晚,他心里百感交集,提笔给好友王维写下了一首别诗:

留别王维
孟浩然
寂寂竟何待,朝朝空自归。
欲寻芳草去,惜与故人违。
当路谁相假,知音世所稀。
只应守寂寞,还掩故园扉。

第二天一早,天刚放亮,孟浩然将这首诗规规矩矩地放在桌子上,就出了王府,负笈而去。从诗中,我们可看出诗人对此次"空自归"的长安之行深感落寞。

这事很快就传遍了长安的大街小巷,传到了大江南北。俗话说:"三人成市虎,一里能挠椎。"这事传来传去就走了样，变成了孟老夫子有意要讽刺皇上不识人才了。当时，远在湖北某地的李白也听到了此事。这位豪气一上来后就"安能摧眉折腰事权贵，使我不得开心颜"的浪漫诗人，对孟老夫子此举格外佩服，自以为找到了知音，提笔为知音题诗一首：

赠孟浩然

李　白

吾爱孟夫子，风流天下闻。
红颜弃轩冕，白首卧松云。
醉月频中圣，迷花不事君。
高山安可仰，徒此揖清芬。

诗中，诗仙对孟老夫子不汲汲于富贵、安贫乐道、与大自然为友的隐士风范心仪不已，赞美之词溢于言表。

徘徊尤羡黄金台

诗仙李白是一位性格复杂、多才多艺的人,他年少时不仅是一个"十五观奇书,作赋凌相如"的诗人,同时还是一个"十五游神仙"、"十五好剑术"的羽客和游侠,这都决定了他一生的命运。他尤其心仪古代那些功成身退的历史人物,在其五十多首"古风"诗中可见一斑,下面这首诗便是其中之一:

古风(之一)

李 白

燕昭延郭隗,遂筑黄金台。
剧辛方赵至,邹衍复齐来。
奈何青云士,弃我如尘埃。
珠玉买歌笑,糟糠养贤才。
方知黄鹄举,千里独徘徊。

此诗主要是有感于燕昭王筑黄金台招士之事而作。

战国时期，燕王哙宠信权臣子之，不事朝政，燕国大乱，民不聊生。齐国趁机而入，几乎不战而胜，燕王哙死。二年后，燕人共立太子平为王，即燕昭王。值此国家危亡之际，燕昭王礼贤下士，决心用重金向天下招收贤能的人才。

一天，他对大臣郭隗说："孤非常清楚燕国国小力寡，然而幸亏得到了您这样的贤士来辅佐我，我做梦都想雪前耻，请您再向我推荐些人才吧。"

郭隗说："可以。如果大王要招贤才，那就先从重用和厚待我开始，天下的才俊之士看到大王对我这样的人都很尊重，那么就会不远千里而来的。"

燕昭王认为这话很有道理，于是下令为郭隗修筑高大的黄金台，大张声势地招纳人才。这招果然起了作用，当时著名的谋士乐毅、剧辛、邹衍等人分别从魏、赵、齐等国来到燕国，其他不知名的士人更是不计其数。由于国内人才济济，燕国从此走上了富强之路。后来，燕国与秦、楚、晋等国合谋伐齐，大败齐军，攻入了齐国的都城临淄，尽取其宝后，放火焚烧了齐国的宫室宗庙，燕国大仇得报，并成为"战国七雄"之一。

从诗中，我们可以感觉到诗人对古人伟业的向往和对自己生不逢时的叹息。

西江月夜忆将军

唐代大诗人李白,有一年秋天乘船在长江上航行,路过今安徽马鞍山市西南的牛渚山时,天色已晚,客船停泊在山下岸边夜宿。当晚,李白登上船头眺望夜景,只见秋月当空,月明星稀,天空显得格外高远;滚滚的江水泛着明明灭灭的波光,无语地向东流去;两岸的青山,在月下像一群静默的怪兽,影子落入水中,随波逐月。面对如此佳景,诗人蓦然想起了二百多年前,发生在此地的一桩美谈。

东晋时期,著名的镇西将军谢尚曾身着便服在此地泛舟赏月。突然,一阵琅琅的吟诗声从泊在岸边的一条破旧的运粮船上传来,他感到好奇,侧耳细听。他只听了几句,就感到诗意很新鲜,且抱负非凡,就让随从前去打听。随从回来后说,船上有一位名叫袁宏的年轻书生,在吟诵自己刚写好的咏史诗呢。

谢尚立刻命人请那年轻人到自己船上叙话。不一会儿,有一个衣衫破旧而神采非凡的青年人走进船舱,不卑不亢地与谢大人相见。二人无拘无束地聊起来,谢尚始知他父母双亡,家境贫困,靠运送皇粮度日。尽管如此,他仍刻苦读书,

西江月夜忆将军

——明刊本《唐诗画谱》

写诗作赋。

谢尚十分高兴,跟袁宏说古道今,评诗论文,二人促膝长谈,皆有相见恨晚之感。不觉谈了一个通宵,直到晨光熹微时才恋恋不舍地分手。

东晋时,人们门第观念严重。谢尚出身名门望族,官任朝廷大将,但他却能打破陋俗,礼贤下士,不顾贵贱之别和袁宏相交,实在是难能可贵!此后,他又不遗余力地向他人举荐这位才气过人、学有成就的青年,使袁宏声名日著,成为当时著名的文学家和史学家,官至东阳太守……

抚今思昔,李白心潮澎湃,叹息此朝没有慧眼识人的谢将军,哀叹自己虽也能像袁宏一样纵才高吟,但是又有谁能赏识呢?他心中郁郁不平,因此写下了下面这首五律名篇:

夜泊牛渚怀古

李 白

牛渚西江夜,青天无片云。
登舟望秋月,空忆谢将军。
余亦能高咏,斯人不可闻。
明朝挂帆去,枫叶落纷纷。

诗中,诗人借史以咏怀,自嗟怀才不遇之悲。古人曾称誉此诗道:"诗至此,色相俱空,正如羚羊挂角,无迹可求,画家所谓逸品是也。"

斗鸡走马胜读书

唐玄宗天宝年间,宫中和民间都盛行斗鸡。在众多的斗鸡徒中,玩得最好的当数斗鸡神童贾昌。据说,这孩子从小就天赐灵异,会说鸟语,每日里爱爬到树上,和鸟儿们聊个没完。

俗话说,近朱者赤,近墨者黑。在当时社会风气的影响下,贾昌七岁就迷上了斗鸡。但和大人们不一样,他玩的是一只木鸡,即用木头做的斗鸡,而且将它玩得活灵活现,如同真的一般。

一天,唐玄宗出宫郊游,路见一群人围在一起,玩得如痴如醉。唐玄宗感到好奇,就让小太监过去看看。太监回来禀报说:"人们在看一个小孩玩木鸡。"

"木鸡?是用木头做的吗?怎么玩呢?"唐玄宗深感惊奇地问。

太监说:"是的,陛下过去看了就知道了。"

唐玄宗忙从逍遥马上跳下来,说:"快带朕过去看看。"

围观的人见当官的过来了,自觉地让出了一条道,唐玄宗等近得前来，见男孩正用两只木鸡相搏斗：一只在凌厉地进攻，一只在沉着地防守。唐玄宗等都迷斗鸡，不觉也看傻了，甚至都忘记了眼前是两只木鸡在斗。

待一场斗罢，胜负已分，唐玄宗才回过神来，他想，这孩子真是个神童，若让他训练活斗鸡，一定能训出极品来。于是他下旨，将玩木鸡的小孩带进宫中训鸡。

贾昌因此被召进宫中。面对着真的斗鸡，贾昌的天才发挥得淋漓尽致，他一眼便可看出鸡的壮、弱、勇、怯来。由于他通鸟语，每一只鸡都可按他的口令行事。强将手下无弱兵，贾昌很快便为皇宫训练出了一批骁勇善战的斗鸡。因为他训练的斗鸡每战必胜，贾昌因之非常受宠。

开元十三年（725年），唐玄宗到东岳泰山举行封神大典，年仅十二岁的贾昌率领三百只斗鸡一同前往。不巧他的父亲贾忠死于泰山脚下，皇帝赐旨，恩准贾昌扶柩还京安葬，并让沿途郡县派人接待护送。沿途郡县谁敢不听，送柩的队伍浩浩荡荡，斗鸡童荣耀无比。

贾昌因斗鸡而走红，这自然让许多人艳羡不已，下面这首《神鸡童谣》就形象地描述了当时人们的此种心态。

神鸡童谣

生儿不用识文字，斗鸡走马胜读书。
贾家小儿年十三，富贵荣华代不如。
能令金距期胜负，白罗绣衫随软舆。

父死长安千里外，差夫持道挽丧车。

开元二十三年（725年），当年的斗鸡童已二十二岁，唐玄宗御赐完婚，娶的是梨园名伶潘大同的女儿，一位如花似玉的千金。这也可看出皇帝对他的恩宠非同一般。

这事自然也逃不过怀才不遇的大诗人李白的眼睛，他深有感触地写下了这首讽喻诗：

大车扬飞尘

李　白

大车扬飞尘，亭午暗阡陌。
中贵多黄金，连云开甲宅。
路逢斗鸡者，冠盖何辉赫。
鼻息干虹蜺，行人皆怵惕。
世无洗耳翁，谁知尧与跖。

诗中描写了佞幸小人得势后的嚣张气焰，对世道人心和政治黑暗深感愤慨。

巧遇诗仙生意隆

有一年冬天,李白常到长江采石矶边上鲁财主开的酒店饮酒。鲁财主为人极贪婪,每日都往酒里掺水,酒因之淡而无味。这让最爱豪饮的李白极不高兴。因为他酒喝得不尽兴,诗也就写得不畅快尽意。

一日,李白又去饮酒,路经一户茅舍,突然被里面出来的一位老翁拉住,老人作揖打躬,口称"恩公"。李白十分惊诧,急忙还礼。经询问才知,老翁姓纪,李白十年前在幽州时,曾射杀两虎,救了纪家父子二人的性命。后来他父子二人漂泊至此,开了家酒店,一边卖酒,一边四处打听恩人,不想今日巧遇,遂热情地将李白邀入店内。纪老翁终于见到了恩人,心中自然十分欢喜,连忙将店中珍藏的好酒拿出,频频相劝,盛情招待。李白巧遇故人,又痛饮了一坛美酒,心情十分愉快。他凭窗远眺,但见滚滚东逝的长江水至此被天门山绝壁所阻,折向而流;两岸青山若逆水而上,如门对开;远处一叶扁舟,时隐时现,从太阳那边荡波而来。诗仙一时诗兴大发,提笔在店外的"联壁台"上写下了这首脍炙人口的小诗：

望天门山

李 白

天门中断楚江开，碧水东流至此回。
两岸青山相对出，孤帆一片日边来。

纪老翁得诗如获至宝，忙将酒店更名为"太白酒楼"，逢人便自豪地说："这是'谪仙人'李白的手迹，他喝了我酿的酒，才写出这么好的诗啊！"一传十，十传百，路过的人都到太白酒楼上饮酒赏诗，店前门庭若市，生意兴隆起来了。

那位鲁财主闻听此事，心中十分后悔，忙挑了两坛上好的美酒，去向李白求诗。李白说："呸，你的酒太薄，经不起我一口喝！"鲁财主灰溜溜地溜走了。由于无人光顾，鲁财主的酒店最终也关门大吉啦。

轻舟已过万重山

唐玄宗末年，军阀安禄山勾结史思明从范阳起兵叛乱。叛军声势浩大，一路上势如破竹，仅用三十三天便攻克京都长安。唐玄宗带着一些亲信，狼狈地向四川逃去。途中他封太子李亨为天下兵马大元帅，又令他的第十六个儿子永王李璘扩军帮助平叛。

永王接到诏书后，一路上招兵买马，东下金陵拒敌。他听说此时李白正隐居在庐山，便三次派人上庐山请李白出山勤王。李白一直有远大的政治抱负，从不甘心只做一介书生，现在机会来了，他感到十分兴奋。那时他还写下了许多豪情满怀的诗，诗中表达了他手执宝剑、斩杀逆贼的报国热情。

不久，太子李亨即位为唐肃宗，见永王李璘势力在不断扩大，怕夺了他的皇位，于是在外乱未平的情况下，发动内战，调兵攻打永王。永王兵败被杀。李白由于在永王军中，自然也逃不掉被捕入狱的命运。这本是李亨与李璘兄弟之间的争斗，诗人李白却因之受到连累，不仅他的政治抱负再一次化为泡影，而且还面临着死亡的威胁。一些平时就嫉恨他的小人此时更趁机落井下石，建议杀掉他。就在这时，朝中却忽然出现了一位救星。

这个救星就是当时任天下兵马副元帅的郭子仪。传说郭子仪当年在部队任小军官时，因失职受到上司的拷打，被偶然至此的李白救下。他念念不忘李白的援救之恩，现在听说李白下狱，于是上书皇帝李亨，愿以自己的官爵换取李白的死罪。

李白这才死里逃生，改判流放夜郎。夜郎今在贵州，当时是个十分荒凉的地方。李白勉强上路，感到万念俱灰。

谁知等过了三峡，刚到白帝城，一个好消息又突然从天而降：皇帝颁布了大赦令，李白也因此得到赦免，不必再去夜郎受罪了。他绝处逢生，欣喜若狂，迫不及待地从原路返回。船过三峡，舟轻水急，顺流而下，这时他的心情愉快到了极点，就连两岸猿猴凄婉的啼叫声，在他心中也变成了动听的乐曲，于是他乘兴写下了这首脍炙人口的《早发白帝城》一诗：

> 朝辞白帝彩云间，千里江陵一日还。
> 两岸猿声啼不住，轻舟已过万重山。

添线着绵结奇缘

在中国古代封建社会，宫女们一旦进宫后，常年不能与外人接触。这种长期孤独寂寞的生活使她们感到十分痛苦。她们利用一切机会表达自己的情感，然后想办法传递出宫外，竟也有人在严酷的封建罗网中侥幸地结成了眷属。天宝年间的著名诗人顾况、唐宣宗年间的卢渥、唐德宗年间的进士贾全虚、唐僖宗时期的于佑，都有过类似的奇遇，下文也是这样的一个传奇故事。

据说，唐玄宗开元年间，皇帝李隆基曾突发奇想，命令宫女们做了大量的棉衣，赏赐给驻守边关的将士，以示恩宠。有个士兵想不到竟在棉袍中得到一首五言情诗：

袍中诗
开元宫人
沙场征戍客，寒苦若为眠。
战袍经手作，知落阿谁边？
蓄意多添线，含情更着绵。

——明刊本《唐诗画谱》

添线着绵结奇缘

今生已过也,愿结来生缘。

此诗写得情意绵绵,大胆浪漫,直看得那士兵脸红心跳。士兵见诗后不敢隐瞒,忙拿去见将领,将领们也不敢隐瞒,逐级将此事上奏给唐玄宗。

再说唐玄宗拿到此诗后,起初非常生气,认为宫女思春是大逆不道的事,想查出后重重地惩罚她。后来杨贵妃也知道了这事,觉得这个宫女大胆坦率、浪漫可爱,和自己有几分相似,就在玄宗耳边为她美言了几句,让皇帝饶恕此人。唐玄宗听贵妃这么一说,也觉得有趣了,就对全体宫女们说:"这是谁写的?不要隐瞒,我不会加罪于她。"

一个宫女上前跪拜请罪,请皇上饶恕。生性浪漫重情的唐玄宗果真大发慈悲,将这个宫女下嫁给了那个士兵,成就了一段传奇式的姻缘。

内人争乞洗儿钱

安禄山原是胡人，小时家境非常贫寒，长大后不务正业，曾因偷人家的羊而险些被处死。后来，他参了军，由于非常善于拍马和装憨卖傻，因此官升得很快，还深得唐玄宗的赏识，不久便担任了军中要职。

当时，唐朝从东北到西北边境上共有六个军事要地，安禄山就担任其中三个重镇的节度使，掌握了大量的兵权。他目睹唐朝政治的腐败，唐玄宗整天沉溺于声色歌舞之中，便乘机进一步扩充军队，伺机夺取天下。为了博得皇上和杨贵妃的信任，他厚着脸皮，请求做杨贵妃的干儿子。杨贵妃觉得好玩，也就同意了。于是每次上朝行礼，他总是先拜贵妃，后再朝拜皇帝。开始时，唐玄宗很是不满。一次唐玄宗问道："你上朝后为什么不先叩拜朕，而先去拜见贵妃呀？"

安禄山答道："臣出身胡人，我们胡人有这样的规矩，先母而后父。"

这样他既赢得了杨贵妃的宠爱，也骗过了皇上。

一次，安禄山过生日。杨贵妃知道后，在宫中大摆酒席，设御宴为他庆贺,并为他准备了婴儿用的被褥。杨贵妃把安禄山当作婴儿,亲手为他脱去衣衫,裹在襁褓中,说是为他行婴儿出生三天后的洗身礼,然后让宫中的太监抬着他在院内到处让人逗弄,直逗得人们个个捧腹大笑,上演了历史上少有的一出闹剧。可笑的是唐玄宗竟也跟着笑闹观看,并且还赏赐了太监和宫女们喜钱。

唐代著名诗人王建所作的百首《宫词》中,其中有一首就描绘了这场无耻的闹剧:

宫词(其一)
日高殿里有香烟,万岁声长动九天。
妃子院中初降诞,内人争乞洗儿钱。

诗的大意说:高高的太阳映照着香烟缭绕的宫殿,欢呼万岁的声音惊天动地,在杨贵妃的庭院中庆贺初生婴儿的诞辰,宫女和太监们争着为婴儿洗身,并争着向娘娘和圣上讨赏钱。

一骑红尘妃子笑

有一年夏天,杜牧路过骊山华清宫时,见满山树木郁郁葱葱,树木环抱的华清宫壮丽如旧,不由得睹物伤怀,浮想联翩。

当年唐玄宗和杨贵妃不就在此寻欢作乐吗?他们洗温泉,赏美景,饮美酒,吃山珍海味,过着骄奢淫逸的生活。

一天,唐玄宗和杨贵妃在宫中观赏歌舞,不一会儿,她看得有些厌烦了,便懒洋洋地问身边的高力士道:"昨天吩咐的那件事怎么样了,那东西怎么现在还没有送到?"

高力士忙哈腰低头回禀道:"请娘娘放心,奴才算好今天就到了,而且马上就到……"

话音未落,一个小太监气喘吁吁地跑进来报告:"娘娘,大道上看见了一片尘土,一定是驿使们的快马来了。"

这时,只见华清宫下的各道宫门次第打开,宫女和太监们紧盯着山路上的一骑飞骑。由于一路狂奔,驿马至半山腰时已累昏过去,口吐白沫倒在地上。太监们忙跑下来,卸下马背上的金漆木箱,飞奔着抬到了山上,恭恭敬敬地送到了大太监高力士面前。高力士忙打开箱子，检验里面贡品的成色。看罢，他脸上露出了一丝别人不易觉察到的笑容。他命宫女洗了许多鲜荔枝，用翡翠盘端至杨贵妃面前，满脸媚笑地说："请娘娘品尝，这荔枝新鲜着呢！"

杨贵妃身旁的一位宫女拿起一颗荔枝，熟练地剥去皮，放到贵妃的红唇里。她的脸上露出熟悉的笑容。在场的太监和宫女们这才都松了一口气。

荔枝是杨贵妃最爱吃的东西，而且要吃味道鲜美的。但当时此物大多产于岭南，离长安非常遥远，怎么办呢？为了博得贵妃的一笑，唐玄宗命高力士特设一个个的驿站，全途飞骑快递。为了确保荔枝新鲜，漫漫的路途上不知累死了多少匹驿马。

杜牧想到这里，不禁深深地感叹："为博取红颜一笑，君王如此不惜代价，劳民伤财，值得吗？"他深感无奈地摇了摇头，写下了这首著名的咏史诗：

过华清宫（其一）

杜 牧

长安回望绣成堆，山顶千门次第开。

一骑红尘妃子笑，无人知是荔枝来。

舞破中原始下来

唐玄宗自宠爱杨贵妃后，整天沉湎于酒色歌舞之中，将国政军事交给杨国忠等处理。而贵妃娘娘的干儿安禄山却在骗得唐玄宗的宠信后，不知厌足地做起了当皇帝的美梦。他在范阳暗暗地招兵买马，积草屯粮，重用大批胡人为军中将领，扩充自己的力量，时刻等待谋反的机会。对此，朝廷中那些明智的大臣都有察觉，太子李亨和群臣们多次上书皇帝，言说安禄山在范阳扩充军队之事，请皇上多加防范。

听得多了，唐玄宗半信半疑地叫来杨国忠问道："你说安禄山有叛乱的可能吗？"

杨国忠回答："群臣都这么传说，我看他也确要有造反的意思！"

玄宗问："那应怎么办呢？"

杨国忠说："召安禄山回朝，谎称升他做宰相，另派三名忠心耿耿的大将分别掌管范阳、平卢、河东三镇兵权，这样不就安全了吗？"

唐玄宗想了想，摇摇头说："如果传言是假的，安禄山

对朕还一片忠心,那岂不冤枉于他?"

杨国忠说:"可以派人去暗中试探,明里就说是皇上派人慰问边关将士。"

玄宗认为此计甚妥,就依杨国忠的办法行事,于是派宦官带了金银美酒去赏赐安禄山。

这种雕虫小技很快被安禄山识破了,他用重金收买了前去探营的几位宦官。宦官们收受了贿赂,回来后自然替禄山说好话。唐玄宗安下心来,和贵妃娘娘玩得更欢啦。从此后,凡有说安禄山谋反的人,玄宗就派人将他捆绑起来,送到范阳交安禄山处置。

可唐玄宗做梦也没想到,他享乐的日子即将结束了。天宝十四年(755年)十一月,安禄山果真在范阳起兵造反,很快就打过黄河,直逼京城长安,惊恐万分的唐玄宗不得不带着杨贵妃等狼狈而逃。

此事过去几十年后,诗人杜牧路过华清宫,睹物忆旧,深有感触地写下了下面的这首诗:

过华清宫(其二)

新丰绿树起黄埃,数骑渔阳探使回。
《霓裳》一曲千峰上,舞破中原始下来。

诗中,对唐玄宗沉迷于声色、不理朝政,致使养虎成患的历史悲剧进行了委婉而有力的讽刺。其创作意图和他不满"宝历大起宫室,广声色"而作的《阿房宫赋》是完全一致的。

因了私仇毁昆仑

唐玄宗天宝十四年（755年）十一月，蓄谋已久的安禄山谋反了。他率领十五万大军从范阳长驱直下，向唐朝的统治中心洛阳和长安大举进攻。由于天下太平日久，国内武备松弛，再加上朝政腐败和不少地方官贪生怕死，结果叛军没有遭到什么太大的阻挡，不到一个月就渡过了黄河，直抵洛阳。

当时，唐玄宗非常器重安禄山，他听到叛乱的消息后，起初竟以为是谣言，但得到证实后，惊恐万状，忙派封常清和高仙芝两位大将前去迎战。此二人是唐朝有名的战将，足智多谋，能征善战，但无奈手下是一批临时招募的几万乌合之众，和久经战阵的叛军一触即溃，二将被迫放弃洛阳，退守潼关。

诗人冯著当时正在洛阳城内为官，亲眼目睹了唐军的溃败和叛军攻进洛阳城后的所作所为，他以下面这首乐府诗，记述了洛阳城陷后的悲惨景象和恐怖气氛：

洛阳道

冯 著

洛阳宫中花柳春，洛阳道上无行人。
皮裘毡帐不相识，万户千门闭春色。
春色深，春色深，君王一去何时寻。
春雨洒，春雨洒，周南一望堪泪下。
蓬莱殿中寝胡人，鸤鹊楼前放胡马。
闻君欲行西入秦，君行不用过天津。
天津桥上多胡尘，洛阳道上愁杀人。

洛阳城陷后，唐玄宗对封、高二将更是放心不下，派边令诚当监军，监督众将作战。边令城和高仙芝有私仇，平日就欲杀之而后快，他乘机向玄宗进谗言道："两位将军同安禄山私交很深，这次战败是二人故意退却，很可能同叛军同谋。"

唐玄宗听后大怒，也不进一步调查，立即传旨，命边令诚在军中杀掉这两个逆贼。

封常清和高仙芝二将军临死前大声喊冤："天在上，地在下，说我们与叛军勾结实属冤枉！"兵士也替二将鸣不平。可一心想报私仇的监军哪管这些，他亲自监斩了二将，毁了大唐的两座昆仑。

关将慎勿学哥舒

洛阳失陷后,封常清和高仙芝被谗言所害,唐玄宗接着派大将哥舒翰镇守重镇潼关。哥舒翰是一位驻守边关、身经百战的老将,他曾多次打败吐蕃军队,收复了西北大片国土,当地百姓中曾流传《哥舒歌》一首歌谣,赞美他的赫赫威仪和卓越战功:

> 北斗七星高,哥舒夜带刀。
> 至今窥牧马,不敢过临洮。

且说哥舒翰统军后,吸取封常清和高仙芝惨败的教训,他知道胡兵远来,利在速战,而自己重病在身,手下军队又是新招募的,没经过训练,所以不宜和叛军硬拼,只宜固守潼关,以待敌变。

这个策略无疑是正确的。安禄山叛军的铁蹄因而被阻潼关外而不能向前进。与此同时,安禄山的形势却大为不妙,唐将郭子仪、李光弼等已在其他战场上多次击败叛军。尤其

是天宝十五年（756年）五月，郭、李二将在河北大破史思明率领的叛军，史思明本人差一点就被唐军俘虏。河北敌陷区十几个郡县人民杀掉叛军守将，归顺朝廷，从而切断了河南叛军与河北老巢的联系。前进不能后退无路的安禄山只好龟缩在洛阳城内，急得如热锅上的蚂蚁一般。

可就在这个关键时候，唐玄宗又干了件糊涂透顶的事，听信了奸臣宰相杨国忠的谗言："哥舒翰按兵不动，消极厌战。"其实，这是杨国忠的借刀杀人之计，他怕哥舒翰取胜后对自己不利。唐玄宗于是下诏令其出战。哥舒翰上书力陈不可出战的理由，这反而更加引起了唐玄宗的疑心。

唐玄宗当即又传旨，令哥舒翰率兵火速出击，将叛军打退。

皇帝的圣旨已下，哥舒翰不敢违反。他知道这样盲目出击，定会被叛军消灭，长安也将不保，但若抗旨不遵，封常清、高仙芝的命运就是他的下场，他急得仰天大哭，下达了出关的命令。经过近一天的激战，唐军全部被叛军消灭，哥舒翰也成了叛军的阶下囚。潼关失守，长安失去了最后的一道屏障，长安城内乱作一团，唐玄宗只好带上杨贵妃姊妹和杨国忠等少数亲信仓皇出逃。

此事，让诗人杜甫深感悲痛和愤怒，他在其著名的《潼关吏》中写道：

潼关吏

杜 甫

士卒何草草,筑城潼关道。大城铁不如,小城万丈余。借问潼关吏:"修关还备胡?"要我下马行,为我指山隅:"连云列战格,飞鸟不能逾。胡来但自守,岂复忧西都。丈人视要处,窄狭容单车。艰难奋长戟,万古用一夫。""哀哉桃林战,百万化为鱼。请嘱防关将,慎勿学哥舒!"

诗中,诗人批评了老将哥舒翰因个顾全人名节而不能审时度势的糊涂。其实,从大局出发,将帅们有时真要有"将在外,君命有所不受"的勇气和魄力。

凝碧池头奏管弦

安史之乱中,叛军攻破长安,一批留守官员大都被安禄山生擒活捉,著名诗人王维也在其中。安禄山组建伪政府,对德高望重的王维格外器重,希望他能出来任职,以安抚民心。王维则装聋作哑,装病卧榻,但求逃过此劫。安禄山无奈,只好将他软禁在洛阳普提寺中。

一天,诗友裴迪前来探望王维。王维向他探询长安的情况。裴迪说:"自叛军攻破长安,安禄山于宫中过起帝王般奢侈的生活,他遍寻良家美女,填充后宫,还让宫中的梨园弟子为其歌舞助兴,老乐师雷海青因此被杀了。"

王维惊奇地问:"为什么要杀雷乐师?"

裴迪便把经过简单地讲述了一下:

安禄山和一批降官在长安西北苑重元门北凝碧池举行宴会。为了给宴会助兴,他下令让梨园弟子于席上奏乐歌舞。雷海青托病不出。安禄山大怒,派侍卫将他抓来。席上,雷海青等边奏乐边想起昔日于宫内演奏的情景,不禁悲从中来,泪流满面,乐曲自然也就不成调了。安禄山气急败坏,跺着

凝碧池头奏管弦

——明刊本《唐诗画谱》

脚喊:"凡脸上有泪痕者,立即砍头!"此时,雷海青再也忍不下去了,他将乐器猛掷地上,放声大哭,声泪俱下地骂贼,被叛军剁成肉酱……

裴迪讲到这里,已泣不成声。王维则默默地流泪。过了一会儿,他口占一绝,诵与裴迪,以表哀悼之情和自己渴望大唐光复的心愿:

菩提寺禁裴迪来相看说逆

王 维

贼等凝碧池上作音乐,供奉人等举声便一时泪下,私成口号诵示裴迪。

万户伤心生野烟,百官何日再朝天。

秋槐落叶深宫里,凝碧池头奏管弦。

诗意是:叛乱发生后,战争的风烟弥漫原野,千家万户的老百姓伤心痛苦;唐朝的官员们都在期盼着,什么时候才能天下太平,再来朝拜唐朝天子?萧萧秋风吹落深宫里的唐槐枯叶,凝碧池边乱臣贼子逼迫唐朝的乐师奏响了音乐。

在唐代,做伪官是叛逆之罪。据说,在唐军收复两京(长安、洛阳)后,伪官皆被治罪,唯独王维因此诗证明了自己对大唐的忠心,从而得到肃宗的哀怜和称道,仅仅受到降职的处分。

吾儿岂能置人后

安史之乱的罪魁祸首之一史思明，是个斗大的字识不了一篓的粗人。据说，在他起兵反唐取得节节胜利后，某一天竟忽然喜欢起吟诗来，而且发表欲极强——那会儿没报纸也没文学杂志，可他自有办法。他每写一首，就让手下的书记抄上个几百份，然后让士兵在他的领地内四处张贴。

有一年夏天，洛阳的樱桃熟了，拍马屁者给他献上了几篮子，他吃不了，就将它分给亲信：送一些给他的大儿子史朝义，送一些给宰相周贽。一篮分完后，他腹成一诗，命左右忙写下来，诗如下：

樱桃诗

史思明

樱桃一篮子，半赤一半黄。
一半与怀王，一半与周贽。

诗吟完后，身边的大臣们纷纷赞美，有人说超过了李白，

有人说直追屈原,有人说可以和陶潜并驾齐驱……史思明非常得意,又命手下抄写示众。

这时,有一个名叫龙潭的小吏不看火色地说:"这首诗好是好得很,如果能把第三句和第四句对调一下,那就合辙押韵了,那就更好啦!"

史思明一听,大怒,他铁青着脸说:"韵律和寡人相比算什么东西!岂能让我的儿子在周贽之下。"说完,他气呼呼地走了,吓得那多嘴的小吏半天找不着北。当然,那诗还是按史著的原样四处张贴发表了。

尘土已残香粉艳

唐玄宗天宝十四年（755年）十一月，平卢、范阳、河东三镇节度使安禄山在范阳起兵叛乱。天宝十五年（756年）六月，安禄山打进潼关后直逼长安。唐玄宗惊慌失措，带着杨氏姊妹、杨国忠等在禁军的护卫下仓皇西逃。

当走到离长安约一百多里的兴平县马嵬坡时，又饥又困的禁军将士对造成当前局势的杨家兄妹非常愤怒，包围了唐玄宗和贵妃等人住的马嵬驿，要求杀掉人人痛恨的奸贼杨国忠。恰好杨国忠从驿馆中出来了，吐蕃国使者二十余人挡住他的马，要求发给食物。趁他尚未答话之际，军士大叫："杨国忠与胡虏谋反！"并用箭射他。杨国忠逃入西门，被追上的军士乱剑杀死，并将尸体剁成了肉泥。

杀死了杨国舅后，进行兵谏的兵将又要求杀杨贵妃。唐玄宗无奈，拄着拐棍出驿门慰劳军队，并命令他们撤走。可将士们不听，仍围着不走。

唐玄宗让高力士问为什么，禁军将领陈玄礼说杨家兄妹串通胡人谋反，皇上当以国家大义为重，交出贵妃娘娘，由

将士们发落,以敛军心。

唐玄宗不解地问:"贵妃住在宫里,怎么会知道杨国忠谋反?"

高力士流着泪回答说:"贵妃娘娘是没有罪的,但现在将士已杀了国舅,贵妃是他妹妹,常在皇上的身边,将士们怎么能放心?皇上只有赐娘娘一死,他们才会放下心来,你也就安全了。"

唐玄宗木头似的呆站着,久久不决。

京兆司录韦锷说:"现在众怒难犯,安危就在顷刻之间,请皇上速决!"

玄宗实在被逼得没有办法了,将杨贵妃叫出,命高力士赐白绫与贵妃。杨贵妃自知在劫难逃,道声"三郎保重",遂在佛堂前的一棵梨树上自缢身亡。

许是一种反讽,谁知杨贵妃刚死,从四川进贡的荔枝就又送到了。玄宗一见,忍不住放声痛哭。杨贵妃的尸首被草草地葬在了马嵬坡。

此情此景,让后来的诗人们唏嘘不已,中唐诗人张祜就在他的七绝《马嵬坡》中写道:

马嵬坡

张 祜

旌旗不整奈君何,南去人稀北去多。
尘土已残香粉艳,荔枝犹到马嵬坡。

此诗的意思是:旌旗零乱、士气低落,国君能有什么办法？因为跟随玄宗皇帝向南逃跑的人稀少，远不如随从太子李亨北上灵武（今宁夏宁武县）、图谋抗敌复国的人员多。那爱吃荔枝的杨贵妃已香消玉殒，那千里迢迢运来给贵妃尝新的荔枝居然仍送到了马嵬坡。诗作含蓄委婉，耐人寻味，为吟咏此事诸诗中的佳作。

子孙无能累昭陵

昭陵是唐朝的一个皇家陵园。它于贞观十年（636年）长孙皇后去世时开始动工，到贞观二十三年（649年）太宗死后始竣工。在昭陵北面的祭坛内，有我国著名的石雕艺术的代表作——昭陵六骏。唐太宗从马上得天下，他非常喜爱那些与他出生入死的骏马。贞观十年，他亲自挑选了当年他骑乘作战的飒露紫、白蹄乌、特勒骠、青骓等六匹骏马，由当时的大画家阎立本绘图，再由工匠精雕成石像，供奉于内，以表彰其功。

关于昭陵六骏，在唐代即已流传着这样一段神话故事：

安史之乱起后，唐将哥舒翰率军与叛军将领崔乾佑在潼关外进行了一次会战。唐军大败，弃关而逃。崔乾佑率领白旗叛军骑兵猛追，追了不远便追上了。他像凶神恶煞一样冲进败军中，左驰右突，如入无人之境，直杀得唐军哭爹喊娘，只恨爹娘少生了两条腿。突然，侧面又杀出了一支几百人的黄旗军，唐军以为是叛军，军心更乱。谁知黄旗军却将丢盔弃甲的唐军放过，与崔乾佑的白旗军打了起来。反复交锋多次后,黄旗军忽然不见了。崔乾佑感到很奇怪,心中狐疑,不敢再追赶,鸣金收兵。哥舒翰等将领也感到不解。

后来,看守昭陵的官员向唐玄宗报告,说在潼关会战那一天,昭陵前的石人石马出了一身大汗。这就是说,那天参加战斗的黄旗军是昭陵前的石人石马组成的。看守昭陵的官员编造出这样一段神话,是想证明唐太宗威灵长存,一直在保佑着他的子孙。岂不知,这反而说明唐太宗的子孙们不争气,连江山都看守不好,连累得祖宗在陵墓中都不能安息。

诗人李商隐在他写的七绝《复京》中的最后一句,就用到上述这个典故。诗如下:

复 京
李商隐

虏骑胡兵一战摧,万灵回首贺轩台。
天教李令心如日,可要昭陵石马来。

此诗写的是唐德宗建中四年(公元783年),唐将李晟平定朱泚、李怀光的叛乱,收复长安的事,故诗题为"复京"。诗中讴歌了司徒兼中书令李晟的赤胆忠心和赫赫战功。最后一句诗话里有话,意思是说假如当朝的官吏们都如李晟一样赤胆忠心,就再也用不着昭陵石马来助战了。

赐梨与诸王联句

据说,安史之乱时,唐肃宗特召老臣李泌至灵武,请他帮助策划平反大计。由于制定的策略行之有效,不久唐军就收复了京都长安和东都洛阳。唐肃宗在高兴之余,心中又生出了一丝丝忧愁。一天晚上,他和李泌对床而睡。唐肃宗心中有事,在床上辗转反侧,久久不能入眠。

李泌就问:"皇上莫非有什么心事吗?说来听听,或许老臣能为陛下分忧。"

唐肃宗叹息了一声说:"朕在忧愁那几位功臣没法再论功行赏啦。如郭子仪、李光弼,官位已到三公宰相,今番又立了大功,可没法再升了。若以后再立了大功又将怎么办?"

李泌听后,笑了笑说:"这很容易,陛下各封一个有二三百户的小县给他们不就行了嘛。"

唐肃宗听罢,感到此计甚妙,就点头答应了。他又问李泌道:"平贼后,你希望朕怎样封赏你呢?"

李泌笑着说:"臣的愿望和别人都不一样。"

唐肃宗好奇地问:"怎么个不一样法?"

李泌严肃地说:"臣无家,又不吃酒肉,用不着土地钱财。只希望大功告成之后,能枕着天子的腿睡上一觉,让司天监上奏说:'有客星犯帝座,惊动了天象。'这臣就心满意足啦。"

唐肃宗听罢大笑。他对李泌这番话很满意,知道这人没有多大的野心和个人目的。

此事后不久的一天晚上,唐肃宗和他的三个弟弟颖王、信王、益王及李泌五个人一起团坐在地毯上,围着小火炉吃梨。因为李泌不吃酒,唐肃宗亲自烤了两只梨赐给他。

皇帝亲自为李泌烤梨,这无疑是莫大的荣耀。颖王借着酒劲,也要求皇帝烤一只给他吃。

肃宗不给,说:"你吃饱了酒肉,还与先生争这个干什么?"

颖王说:"大家(宫中对皇帝的亲昵称呼)怎么就这样偏向先生?我们兄弟三个合要一个总该行吧?"

肃宗也不许,欲赐其他水果。颖王说:"臣等要的是大家亲自烤的,别的不要。老先生今晚受陛下如此恩宠,臣等愿意联句赋诗,纪此盛事。"皇帝和其他诸王都欣然同意。于是,颖王、信王、益王和肃宗依次赋道:

先生年几许,颜色似童儿。
夜抱九仙骨,朝披一品衣。
不食千钟粟,唯餐两颗梨。

天生此间气，助我化无为。

  应当说，此诗给了李泌这位四朝老臣极高的评价。这更引起了专权宦官李辅国的嫉妒，他千方百计地向肃宗进谗言，欲陷害李泌。李泌对此早有察觉。这位早已了悟了的智者，遂辞职到衡山隐居去了。

霜清谁怜团扇妾

咏史是我国古代诗人作诗的一个重要题材。这类诗或借古讽今，或总结历史教训，或为古人打抱不平，或寄托自己深沉的感慨等。诗仙李白的《长信宫》就是一首著名的咏史诗，它吟咏的是汉代著名才女班婕妤的不幸遭遇。

据说，班婕妤一度曾深得汉成帝的宠爱。一次汉成帝在后园游玩，要班婕妤和他同辇而行。班婕妤是一位知书达礼的女子，她对汉成帝说："我观看古代图画，圣明的君主都是让著名的贤臣在旁边陪同，却没有与妇女同游的。只有夏桀、商纣这些亡国之君，才把所宠爱的妇女抬得高高的。如今陛下要我同辇，不是与那些亡国之君相同了吗？"汉成帝一听有理，只好不强求她同辇了。

后来，成帝迷恋上了两位美人——赵飞燕和赵合德。班婕妤因之失宠，她怕赵飞燕姐妹在皇帝面前说坏话陷害自己，于是主动要求到长信宫去侍奉太后，实际上是借此避祸。汉成帝同意了。班婕妤从此在长信宫里住了下来，平日里很难见到皇帝一面。秋高月明之夜，遥看牵牛织女星时，她禁不

——明刊本《唐诗画谱》

住想起过去，备感孤独凄凉，心中哀伤不已，于是写了下面这首五言古诗：

怨歌行
班婕妤

新裂齐纨素，皎洁如霜雪。
裁成合欢扇，团团似明月。
出入君怀袖，动摇微风发。
常恐秋节至，凉飙夺炎热。
弃捐箧笥中，恩情中道绝。

此诗表面上咏的是扇子，实际上是用扇子比喻自己，意指自己失宠后孤独冷清就和秋天里被人抛弃的扇子一样。

"同是天涯沦落人，相逢何必曾相识。"被皇帝"赐金还山"的李白对个中的炎凉凄苦也一定有相同的感受，他因而对班婕妤被弃的命运格外同情，于是写下了下面这首五言诗，替古人也为自己的穷途鸣不平：

长信宫
李 白

月皎昭阳殿，霜清长信宫。
天行乘玉辇，飞燕与君同。
更有欢娱处，承恩乐无穷。
谁怜团扇妾，独坐怨秋风。

素手一夜絮征袍

诗仙李白曾作《子夜吴歌》诗,其中的《冬歌》就缘于下文这个故事:

据说唐代有个叫裴悦的青年,和妻子羽仙新婚后不久,他就被征兵,去驻守边塞,从此便杳无音信。羽仙经常一个人独坐在空房里思念远方的丈夫。她时常想:什么时候才能打败胡虏,让远征的丈夫平平安安地回到自己的身边呢?她朝也想,暮也想,才下眉头,又上心头,不觉人已憔悴,首如飞蓬。

一日,寒风乍起,黄叶凋零,一只落群的大雁从她头顶上哀鸣南去,她忽然心有所动,以为那孤雁是丈夫派来催要寒衣的信使。她因此感到惭愧万分,忙回屋找出针线包,打算为远方的丈夫缝制棉衣。这时,突然响起敲门声,她开门一看,门外站着个官差,他让她抓紧赶制棉衣,明日一早就动身送往边关。她答应了,忙又找出了布,找出了尺子和剪子。一切都准备好了后,可还是没法裁衣,因为她手边没有丈夫穿衣的尺寸。后来,她狠了狠心,约计着裁了衣,一针一线密密地缝了起来……

黄昏日落,屋子里暗了下来,她点上油灯继续缝。她顾不上吃饭,一直干到下半夜,才总算将棉衣缝好了。她双手托着崭新的棉衣,心里仍然高兴不起来,她担心亲手缝出的衣服不够合身。想到这里,她的泪水又流了下来。

李白听说了此事后,被少妇的真情所打动,写下了下面这首家喻户晓的诗歌:

子夜吴歌·冬歌

李 白

明朝驿使发,一夜絮征袍。
素手抽针冷,那堪把剪刀。
裁缝寄远道,几日到临洮?

咫尺长门闭阿娇

李白有首名曰《妾薄命》的古诗,取材于"金屋藏娇"这一历史典故,今日咏之,仍让人感慨再三。诗曰:

妾薄命

李 白

汉帝重阿娇,贮之黄金屋。
咳唾落九天,随风生珠玉。
宠极爱还歇,妒深情却疏。
长门一步地,不肯暂回车。
雨落不上天,水覆难再收。
君情与妾意,各自东西流。
昔日芙蓉花,今成断根草。
以色事他人,能得几时好?

此诗描述和感慨的是汉武帝和陈阿娇的爱情悲剧。关于他们的爱情故事,史书上有很多记载。

据说，长公主的女儿陈阿娇和汉武帝刘彻曾是一对青梅竹马的恋人。刘彻少时，很受姑妈长公主的宠爱。一天，姑妈逗他说："小宝贝，你想要老婆吗？"

小刘彻大大方方地说："想。"

姑妈和一群侍女都被逗笑了。笑罢，姑妈便让他从身边的年轻侍女中选一位做老婆。侍女们都含笑看着他。小刘彻却摇着头说："我不喜欢她们！"

"那你想娶谁？"长公主眉眼含笑地问。

他一把从身后拖出一个聪明伶俐、漂亮可人的小女孩说："我要阿娇。"

一屋人又都笑了。

姑妈笑着问："如果我同意你娶我的乖女儿阿娇，你以后怎样待她？"

小刘彻眨巴眨巴大眼睛说："如果能娶阿娇当老婆，我要为她盖一座金碧辉煌的黄金屋。"

十余年后，刘彻被立为太子并登基继承了皇位，即汉武帝。陈阿娇也果真嫁给了他，做了汉武帝的皇后。起初，武帝对陈阿娇宠爱有加，贮之以"黄金屋"，游戏若双飞燕，形影若并蒂莲，真可谓："六宫粉黛无颜色，三千宠爱于一身。"可是后来，随着阿娇的美色渐衰，也由于姑妈长公主贪得无厌，雌威盛极欺主，武帝对她的爱恋也渐渐淡薄了，甚至长达月余也不愿见她一面。

汉武帝的疏远和冷落，使阿娇倍感痛苦和嫉妒。为了能重新夺回皇上的恩宠,她不惜重金添颜,每日里都描眉巧妆,恨不能饮仙人琼浆以还颜,恨不能裁云霓以美服。但是青春不再,韶华难追,君情已似昨夜覆水。迫于无奈,陈阿娇只好请女巫作法,企图害死汉武帝的新宠,夺回往日恩爱。此事自然也瞒不了汉武帝。武帝一怒之下将她打入冷宫。

据说,陈阿娇在冷宫里仍幻想有朝一日能再得到武帝的恩宠,她曾请司马相如写了一篇《长门赋》呈给皇帝。汉武帝阅后,也很感动,但并没有重新将她召回身边,因为"以色事他人"的陈阿娇已是明日黄花了。

饮中八仙趣味长

诗人杜甫一生多写忧国忧民的诗篇，他给人们的感觉似乎总是皱着眉头"穷年忧黎元"，或叹息"处处是穷途"。因而，他的《饮中八仙歌》可以说是一首别开生面的诗，其中刻画了唐代八位好饮酒的名人：贺知章、李琎、李適之、崔宗之、苏晋、李白、张旭和焦遂，着重描写了他们醉酒后的意趣。整篇诗歌就像一幅栩栩如生的饮酒图，格外有趣。诗中写道：

知章骑马似乘船，眼花落井水底眠。
汝阳三斗始朝天，道逢曲车口流涎，恨不移封向酒泉。
左相日兴费万钱，饮如长鲸吸百川，衔杯乐圣称避贤。
宗之潇洒美少年，举觞白眼望青天，皎如玉树临风前。
苏晋长斋绣佛前，醉中往往爱逃禅。
李白一斗诗百篇，长安市上酒家眠。
天子呼来不上船，自称臣是酒中仙。
张旭三杯草圣传，脱帽露顶王公前，挥毫落纸如云烟。
焦遂五斗方卓然，高谈雄辩惊四筵。

好饮的八仙中首先出场的是年龄最大的贺知章。相传贺知章喝酒从不惜重金。当年,大诗人李白从四川返回长安,贺老诗人解下金龟换酒为他洗尘,李白深受感动,将路途写下的《蜀道难》赠送于他。诗中形象地刻画了贺老诗人醉酒后骑马的姿态,就像波浪中的小船一样摇来晃去。一次,他醉酒后竟然跌进了井里,许多人都大吃一惊,他却浮在水面上熟睡不醒,安然无恙。

其次出现的人物是汝阳王李琎。他是唐皇玄宗的侄儿,受宠一时,喝上了三斗酒还敢去拜见皇上。一次酒后进宫,在路上遇见酒车时竟然还流口水。他一直对人说,恨不得把自己的封地迁移到酒泉去。

接着出场的是李适之。天宝年间曾任五年左丞相,他饮酒每为万钱来计算,酒量如鲸鱼吞吐百川之水。然而,他也因饮酒赋诗不当被贬官,后自缢身亡。

跟着出场的是两个相对要年轻潇洒的名士崔宗之和苏晋。崔宗之风流倜傥,英俊年少。他饮酒时,高举酒杯,用白眼仰望青天,藐视一切,旁若无人。而苏晋一边长期斋戒,一边又破规嗜饮,经常处于"斋"与"醉"的矛盾之中,所以是醉"爱逃禅",最后"酒"终于战胜了"佛"。

诗人李白的出场是本诗的高潮。他素有斗酒百篇的美称,经常醉在酒家大睡而回不了家。传说,一次李白饮酒,喝得大醉。皇上要召见他,他狂放不羁地大喊:"老子是酒中

饮中八仙趣味长

——明刊本《唐诗画谱》

仙。"他醉得真是够可以的了。

另一位出现的是同李白有着同样性格的诗人张旭。当时人们称他为"草圣"。一次他醉后竟然摘下帽子,以头发为笔作书,字从他挥洒自如的头发梢上像淙淙的水流淌出来,字迹如云烟,舒卷自如,潇洒飘逸。

诗中最后刻画的人物是焦遂。他虽为平民,身穿布衣,但有卓越的见识和雄辩的口才。一次,焦遂喝下五斗酒,有些醉意,便海阔天空、滔滔不绝地高谈阔论,他的见识和口才惊动了四座的人。

从此诗中,可以看出诗人杜甫偶尔也是一个性情中人,不然,他何以在诗中流露出那么多的欣羡之情呢?

暮婚晨别太匆忙

在诗人杜甫著名的"三吏"、"三别"中,《新婚别》是一首犹为感人的诗。它以一个新婚妇人的口吻,曲折而深刻地表达了安史之乱中亲人们生离死别的悲哀。但值此国难当头之际,妇人的心情又是极为复杂和矛盾的,她努力抑制着自己内心的痛苦,勉励丈夫从军杀敌。这也可以看出诗人忧国忧民的复杂心情。

新婚别

杜 甫

兔丝附蓬麻,引蔓故不长。
嫁女与征夫,不如弃路旁。
结发为君妻,席不暖君床。
暮婚晨告别,无乃太匆忙!
君行虽不远,守边赴河阳。
妾身未分明,何以拜姑嫜?
父母养我时,日夜令我藏。

生女有所归，鸡狗亦得将。
君今往死地，沉痛迫中肠。
誓欲随君去，形势反苍黄。
勿为新婚念，努力事戎行！
妇人在军中，兵气恐不扬。
自嗟贫家女，久致罗襦裳。
罗襦不复施，对君洗红妆。
仰视百鸟飞，大小必双翔。
人事多错迕，与君永相望！

从这首叙事诗中，我们可以依稀看到下面这样一个故事：月亮渐渐升高了，溶溶的月色洒满了村落，一间张灯结彩的茅草屋中，一对新婚的夫妻紧紧依偎在一起，诉说着那无尽的缠绵与悲伤。今夜是他们的洞房花烛夜，但令人伤心的是新郎明天一早便要从军去打仗。新娘哽咽着对丈夫说："唉，姑娘嫁给你们这些当兵的，还不如生下来就丢在路旁。"

新郎有些不解地问："为什么这样说？"

新娘有些生气地说："我同你结婚，就是你的妻子了，可连床上的席子还没暖热乎，清早你就要和我告别去从军打仗，你为什么走得这样的匆忙？"

丈夫安慰她说："这次从军在河阳，离家很近的。"

妻子不放心地说："你去的地方虽说离家很近，但同样也是战场！"

屋里一片死寂，一阵清风吹来，刮得窗棂哗哗作响。

新郎说："我走后你要多保重身体，多孝敬父母。"

新娘接过了话题："按礼节，结婚三天后祭祠上坟，这才算礼仪完毕，我才真正算是你家的人。我同你才结婚一天，这样身份不明，怎么好意思去拜见公婆？我从小在家当姑娘有父母体贴，他们日夜将我藏在闺房中。今天既然出嫁了，那就是你家的人了。俗话说，嫁鸡随鸡，嫁狗随狗。但你现在从军赴死地，怎不令我忧伤悲痛？"她的泪水滴落到了枕头上。

丈夫为妻子抹去了泪水问："那你说该怎么办？"

妻子坐了起来："我发过誓要同你一同从军，可我又听说妇女混在军中，士兵就不能振作精神去打仗，这样会把事情弄得更糟糕。唉，别挂念我了，专心努力去从军打仗吧，只可怜我这穷人家的女子，好不容易才盼到了结婚，穿上了绸缎衣裳，可刚穿上我又得脱下来，丈夫不在家我穿给谁看呢？"

天已经大亮，清晨的阳光透过了窗棂照进草房。新娘含着泪水为丈夫打点行装，丈夫马上就要出发了。

新婚夫妻走出了家门。这时，一双鸟儿落在树枝上叽叽喳喳地叫着，妻子触景生情地说："你看天上的鸟儿都是成对配双的，人世间的事情却多不遂人愿。夫君请多保重，平安归来，我们好白头偕老！"

堂前扑枣任西邻

唐朝大历二年（767年），杜甫全家漂泊到了山城夔州（今四川奉节），并在西郊的三间破草屋里住了下来。由于政治上的黑暗和家境的贫寒，加上多年疾病缠身，诗人心情非常郁闷。

草堂前有几株枣树，长得枝繁叶茂，到了夏秋之交，树上挂满了沉甸甸的红枣，煞是可人。平日里，他爱到枣树下散步，边休息边思考一些问题。

一日，杜甫正要外出散步，门前突然传来一阵噼里啪啦的打枣声。他出门一看，只见一个衣衫褴褛、弯腰驼背的老婆婆，正将打落在地的枣子拾进一个破竹篮里。老婆婆听到走路声，抬头看见了杜甫，吓得挎着篮子就跑。由于跑得太急，老婆婆不小心绊在脚下的一块石头上，扑通一声跌倒了，篮子里的红枣散落一地。杜甫连忙跑上前去，扶起老婆婆，一边帮着拾枣，一边关切地问："摔着没有，老婆婆？"

老婆婆见他言语和善，态度和蔼，也就不再害怕。经过交谈，杜甫得知这老婆婆丈夫早亡，儿子又在拉纤时跌下山崖，被江水卷走。她老来无依，无奈之下才来此打些枣子充饥。

杜甫听后，十分同情老婆婆，便对老婆婆说："以后尽管来打枣好了，不必在意。"此后老婆婆便常来打枣，杜甫也时常节省些柴米送给她。

第二年，杜甫的亲戚吴郎来看望杜甫，杜甫将草堂借给他住，自己全家迁往离草堂十多里地的东屯去住。迁居前，杜甫特地嘱咐吴郎说，西邻有个老婆婆，孤苦无依，生活困顿，她来打枣千万不要阻止她。但吴郎为了防备邻家的孩子来乱打枣，还是在枣树周围扎上了篱笆，那可怜的老婆婆自然也就不好意思再来打枣充饥了。杜甫听说此事后，就写了下面这首诗：

又呈吴郎
杜　甫

堂前扑枣任西邻，无食无儿一妇人。
不为困穷宁有此，只缘恐惧转须亲。
即防远客虽多事，便插疏篱却甚真。
已诉征求贫到骨，正思戎马泪盈巾。

据说，吴郎看后，深为感动，立即除去篱笆，亲自去请老婆婆来打枣子吃。

自嗟不及波中叶

诗人顾况考中进士后，并没有得到重用，他就离开长安，来到东都洛阳。有一天，他走出客栈，沿着一条路没有目的地向前走去，不知不觉间来到了上阳宫外边。上阳宫高大巍峨，高耸入云，奢华无比。宫墙脚下的御沟里清波荡漾，沟边绿丝曼舞。突然，从宫墙里面飘出了一片很大的梧桐叶，叶子很特别，好像上面还写着字。顾况紧跑几步，小心翼翼地把叶子捞了起来，只见叶面上写着四句诗：

一入宫门里，年年不见春。
聊题一片叶，寄与有情人。

看着这娟秀的字迹，顾况想，写这诗的人必定是一个寂寞的宫女。顾况将这片梧桐叶悄悄收好，带回了住处。

晚上，他在昏黄的孤灯下仔细地读这首绝句，不禁想起了自己官场失意，孤独悲苦，处境不正像深宫中桐叶寄情的宫女吗？真是"同是天涯沦落人，相逢何必曾相识"。由于惺惺相惜，顾况另找来一片梧桐叶，于上面题了一首七绝：

花落深宫莺亦悲，上阳宫女断肠时。
帝城不禁东流水，叶上题诗欲寄谁？

第二天，顾况把这片梧桐叶放入了那条流水淙淙的御沟上游，目送着它随波而下，流入宫墙内，希望自己的诗能给那个可怜的宫女带去一纸安慰。

从此，顾况多了个心事，他每天不管刮风下雨，都到上阳宫外的御沟下游，等候那位未曾谋面的宫女的回信。等了好多天，也未曾等到，但他并不灰心，认为那位宫女是个有情有义的女子，一定会回信的。

一天，他又去御沟边上等候，等了好久，也未见有题字的梧桐叶从宫墙内漂出。他正要转身离去，忽然惊喜地发现，一张梧桐叶慢悠悠地漂了出来。他快步走近一看，梧桐叶上墨迹斑斑。他赶忙又把它捞了起来，娟秀的字迹仍清晰可见，果然是她写的。上面写道：

一叶题诗出禁城，谁人酬唱独含情？
自嗟不及波中叶，荡漾乘春取次行。

顾况看完诗后，更加同情这位孤苦无助而又富有才情的宫女，但自己不过是个落拓书生，浪迹江湖，连自己都难拯救，又怎能拯救被困深宫的宫女呢？他不禁长叹一声，怅然持叶而归。

春城无处不飞花

有一年寒食节,唐代诗人、大历十才子之一的韩翃在长安城里漫游。寒食节在清明前两天或一天。相传春秋时介子推辅佐重耳(晋文公)回国后,隐于山林,重耳力请其亦不出,重耳无奈,烧山逼他出来,他却抱树不出,活活地被烧死于山中。晋文公悔之不及,为了悼念他,于是禁止在介之推的亡日生火,只准吃冷食,以后相沿为寒食禁火风俗。古代每年逢此节日,家家禁火吃现成的冷食,晚上不许点灯燃烛,日间人们常出外游春。

诗人走着走着,被眼前迷人的春光陶醉了,只见大街小巷里处处飞花,姹紫嫣红;杨柳舞絮,随风东西,若雪曼舞。面对这盎然的春意,韩翃情不自禁地赞叹道:"皇都今日成了春城啦!"

他流连忘返,一直闲逛到日暮时分。此刻,他看到皇宫中隐约晃动着一团团火光,它们穿过一座座雕梁画栋的宫殿,飞向附近四面八方的官邸。他知道,这是太监在走马传烛啦。不久,朝廷近臣的家里,也即刻烛光通明,一片亮堂堂的了。

可是，城里的一般官吏和普通百姓人家，却仍然漆黑一团，没在越来越深的暮色里。

在唐代，皇宫和贵族宠臣在寒食节仍能点灯燃烛，这是皇帝的恩准，普通人家是根本没有这种特权的。长期屈居幕僚、失意不得志的诗人韩翃，对此明暗差别十分敏感，他由此想到了如今旁落的皇权就像这寒食节里的烛火一样，专权的太监们也分享了皇家的特权。历史竟有这样惊人的相似性！自从唐肃宗、唐代宗以来，太监权势日盛一日，当今德宗皇帝更让太监统率禁兵，这种情况多么像汉代末年的宦官专政啊！

回到住处，韩翃便写出这首讽古喻今的七言绝句：

寒 食

韩 翃

春城无处不飞花，寒食东风御柳斜。
日暮汉宫传蜡烛，轻烟散入五侯家。

诗末的"五侯"，有人认为是指东汉外戚梁冀一族的五个人，有人认为是指东汉末年桓帝在同一天里所封的单超等五个专权的太监，但不论怎样，韩翃此诗的喻意也就相当明显了。

据说这首诗很快传进了皇宫，唐德宗读了后非但不生气，反而非常喜爱。当时，知制诰（代皇帝写诏令的官）正好缺员,宰相奏请皇帝提名,德宗立即批道:"韩翃。"可是当时除了写此诗的韩翃外,还有一个同姓名的江淮刺史,皇帝究竟要任命哪一个呢?宰相奏请再批,德宗又写下"春城无处不飞花",然后批道:"与此韩翃。"这样,诗人便当上了官,成为皇帝的近臣了。

红蕖秋色艳长江（上）

唐德宗贞元年间，湘潭（今湖南湘潭）县尉郑德璘家住在长沙，他有位亲戚住在江夏（今湖北武昌），他每年都要过去探望一次，去时都要坐船过洞庭湖。湖中，常遇一白发翁划着小船卖菱角。郑县尉性喜饮酒，常在舟中邀老翁同饮。

一次郑德璘从江夏返回湘潭时，船泊在黄鹤楼下，旁边停有一只大货船，是盐商韦某的。韦盐商有个女儿，年方及笄，天生花容月貌，此时正在船上与另一位女子闲谈。韦家女燕语莺声，好不惹人喜欢。

近夜，旁边又泊一船。船上有位秀才，姓崔名希周，他在船头赏明月，忽见水中飘来一束莲花，他捞起把玩并赋诗道：

江上夜拾得芙蓉

崔希周

物触轻舟心自知，风恬浪静月光微。
夜深江上解愁思，拾得红蕖香惹衣。

他吟完后,觉得不是太满意,就反复吟诵推敲。谁知这都被盐商船上的两位姑娘听到了,盐商女觉得挺有意思,就让同伴写了下来。

第二天一早,郑德璘乘坐的客船和盐商的船同时启航,夜晚又恰巧都泊在洞庭湖畔。韦氏女从舱中出来钓鱼玩,样子妩媚可爱。郑德璘看见了,心中产生了强烈的爱意,可是又没有办法近前交谈。他在船头来回踱步,忽心生一计,忙返回舱中取来一尺红绸,刷刷点点地在上面题了一首表达爱意的七绝:

投韦氏
郑德璘

纤手垂钩对水窗,红蕖秋色艳长江。
既能解佩投交甫,更有明珠乞一双。

郑德璘写完,用力将它掷到韦氏女的身旁。韦氏女拿到红绸,展开诵读了好几遍,没大读懂。但见对面船上投绸的书生,生得眉清目秀,风流倜傥,不觉芳心摇动,腮绽桃花。她本想答复书生,可又不大识字,无奈之下,只好将昨晚同伴记在纸上的诗投给对面的书生。

郑德璘得诗,看后喜不自禁。他一厢情愿地将那首诗理解为:在风和浪静的月夜里,我知道你将那情物扔到了船上,这充满了柔情蜜意的诗,使我忘了深夜江上的孤寂和愁怨,就像是拾到了一束红艳的莲花,连我的衣服上都沾上了芳香。

再说那韦氏女也非常珍爱这偶得的红绸诗,她将它系在自己的手腕上。

翌日清晨,湖上刮起了大风,水面上掀起了巨浪。郑德璘乘坐的客船太小,不敢张帆起航,而那艘大盐船却顶风破浪地驶走了。郑德璘心中非常着急,他请求船家开船,跟上大船,船家当然不会同意。他只好眼巴巴地看着心爱的姑娘随船远去了。

红藻秋色艳长江(下)

当天傍晚,有渔人和客船上的船家闲谈说:"一早开走的那只盐商大船,也受不了这么大的风浪,午后就沉没了。可怜盐商一家全部遇难。唉!人啊,就是不能和老天对着干,他们今天就不该开船。"船家点点头说:"是啊,幸亏俺没有开船。"说完,他瞥了郑德璘一眼。郑德璘根本就没有看见船家那意味深长的目光,他呆呆地看着远处的湖水,半天也没缓过神来。晚上,他含泪写下了两首情意绵绵的悼亡诗:

吊江妹

郑德璘

一

湖面狂风且莫吹,浪花初绽月光微。
沉潜暗想横波泪,得共鲛人相对垂。

二

洞庭风软荻花秋,新没青娥细浪愁。

泪滴白萍君不见，月明江上有轻鸥。

诗写成后，他在船头上朗诵遥祭，然后将诗扔进湖水中。谁知，郑德璘的一片痴情竟感动了巡湖的水怪，他将这两首诗呈送给洞庭府君。府君看后，也很感动，将那日被淹死的几个姑娘都召来问道："谁是郑德璘心爱的人？"

韦氏姑娘不知郑德璘的名姓，故不敢贸然承认。有人看到她手臂上系的红绸诗，暗地里告诉洞庭府君是这个姑娘。于是府君说："郑德璘以后将任我们这个地区的长官，而且过去曾多次款待我，这次就让他心爱的人活命吧！"说完，府君让水怪将韦氏姑娘送到郑德璘的身边去。

韦氏姑娘想仔细地看一眼洞庭府君，可是那个水怪拉着她一路急跑，一直跑到路的尽头，眼前是一汪池水，水怪却突然将她推入水中，韦氏半沉半浮地随水而流。

这日半夜，全船上的人都睡了，只有郑德璘因悲哀和思念久久地不能入睡。他一遍遍地读着《江上夜拾得芙蓉》一诗，深感人生命运之无常，忍不住清泪长流。突然，他觉得船被什么东西重重地撞了一下。他好奇地秉烛一照，但见船边好像漂着彩绣的衣服，仔细看，竟是一个落水的姑娘。他急忙大呼小叫，唤人拉上来一看：她不是别人，正是自己在想念的盐商的女儿。

众人一番抢救，姑娘慢慢苏醒过来，见郑德璘后，先笑后哭，然后将事情的过程全告诉了郑德璘。郑德璘对着波光

——明刊本《唐诗画谱》

粼粼的洞庭水说:"尊府君,大恩大德不敢言谢,他日定当结草衔环相报。"

他和韦氏女一同还乡,并娶她为妻。

后来,郑德璘任巴陵(今湖南岳阳)知县,上任后派船回乡接韦氏。船在路中搁浅,请来五位船工拉纤。其中有一白发老人老是将绳子拉弯,一点也不用力。韦氏忍不住在船上骂了一句:"老懒骨头!"

老头儿回过头来,冲她翻了翻眼说:"好不知趣的东西,我那年在水府让你活命,让你找到了如意郎君,你不感谢我,反而还骂我,真是岂有此理!"

韦氏这才猛然想起他就是洞庭府君,忙叩头谢罪道:"请恕小女子有眼无珠。请问恩公,我父母现都还在水府吧,您可不可以开恩让小女子见上一面?"

老头儿说:"可以。"说话间,整只船已沉入水底。

韦氏见到了久别的父母,心中有千言万语要说。可她还没说上几句,老头儿就催她快走。她自是恋恋不舍。老头儿说:"人不能太贪心!阴阳两界有别,我同意你来看一眼已经是违背了天条,快快走吧!"然后,老头儿又在韦氏的纱巾上题了一首七绝,让她将诗转给她丈夫。诗曰:

  昔日江头菱芡人,蒙君数饮松醪春。
  活君家室以为报,珍重长沙郑德璘。

一眨眼间，韦氏乘的船又从湖底浮出水面。老人和那几位纤夫皆已踪影皆无，船亦不再搁浅。韦氏至巴陵后，将此诗交给丈夫，并告诉了他路上的奇遇。他这才想起洞庭府君原来就是当年那位在洞庭湖中划船卖菱的老翁。他想不到自己无意中的举动，竟然得到了如此厚重的回报，天佑好人啊！

寸草报得三春晖

中唐诗人孟郊（751年~814年），字东野，一生穷愁潦倒，直到近五十岁时才中了进士，做了溧阳（今江苏溧阳）县尉这等小官。在他现存的四百多首诗中，大多数是倾诉个人穷苦的作品，而且达到了悲哀至奇的程度。从这个意义上说，孟郊有点像俄国作家陀思妥耶夫斯基，是一位描写苦难的天才。他的《赠别崔纯亮》一诗就可见其诗风一斑，诗中写道："食荠肠亦苦，强歌声无欢，出门即有碍，谁谓天地宽……一饭九祝噎，一嗟十断肠。"宋代大文豪苏轼在《读孟郊诗二首》中说："人生如朝露，日夜火消膏，何苦将两耳，听此寒虫号。"苏轼竟将他比喻成了终日啼饥号寒的寒虫了。

不过，他的诗中也有为数不多的几首温暖亮丽的诗，著名的《游子吟》就是其中的一个代表，诗中写道：

> 慈母手中线，游子身上衣。
> 临行密密缝，意恐迟迟归。
> 谁言寸草心，报得三春晖。

  这首诗是孟郊任溧阳县尉后不久,到溧水边迎接他的母亲时写的。孟郊在迎接母亲的途中,不禁想起了自己和母亲艰难度日的一幕幕,特别是自己三次赴京赶考,每次出门前,老母亲总要亲自为他准备行装。那时,老母亲什么也不说,只是将千言万语,用细细的针线缝出。多少次了啊,诗人一觉醒来,却发现母亲还坐在昏黄的油灯下,为自己缝补衣服。母亲眼睛已经花了,又加上灯光不太亮,头总是要凑得很近,一不小心母亲前额上的白发就被烧焦了。可是母亲毫不介意,一针一线地为儿子缝着出门将穿的衣服。夜已经很深了,远处还传来狗叫声,母亲灯下的身影显得更加羸弱憔悴。孟郊看着这一切,心中非常痛苦,每次都忍不住落下泪来。孟郊觉得对不住自己的母亲,他暗下决心要早日取得功名,让母亲颐养天年。

  后来,孟郊穿着母亲千针万线缝制的衣服,行万里路,读万卷书,学习一刻也不敢放松。每当想偷懒时,一看见自己身上穿着的母亲亲手缝制的衣服,他就丝毫不敢懈怠了。苍天不负有心人,他最后终于考中了进士。

  孟郊深怀对母亲的感激之情,情动于衷地写下了这首流传千古的诗歌,教导人们不能忘记伟大的母爱,也寄托了游子对母亲的深深思念之情。由于诗人一生饱尝世态炎凉,所以对深沉博大的母爱体会得更加深刻,故虽用白描的手法写来,却字字含情,语浅情深,亲切感人,言有尽而意无穷。

所言俱是"当家"说

唐宪宗元和年间,宦官势力日益猖獗,最后宦官梁守谦、王守澄等竟合力谋杀了唐宪宗,拥立太子李恒登基(821年),即唐穆宗。从此,宦官挟拥立之功,独专朝政,满朝官员亦敢怒不敢言。

诗人王建与王守澄是本家,平日交往颇多。从王守澄那里,诗人听到了许多宫廷秘事。这为他写宫词提供了大量的素材。

一次,王守澄请王建到府中夜饮。两人一直喝至深夜,不觉饮得多了,话也随便起来。谈及朝政,王建借着酒劲,怒气冲冲地说:"如今宦官专政,群臣缄言,实在让人心寒。昔日汉灵帝专宠宦官,最终导致汉朝灭亡……"

王建说到这里,忽然见王守澄气得脸色铁青,始知自己说错了话,心中后悔不迭。过了一会儿,王守澄才正言道:"老弟所说旧朝旧事我不知道,我只知道你写了许多宫词,其中有一些皇帝看了很生气。"

两人不欢而散。

王建回到家后,越想越怕,他怕王守澄对皇帝说时添枝加叶,皇帝一怒之下杀了他。他躺在床上,辗转反侧,久久不能入眠。后来,他突然想到了一个办法,于是急忙起来,伏案书诗一首:

赠王枢密
王　建
三朝行坐镇相随,今上春宫见小时。
脱下御衣先赐著,进来龙马每教骑。
长承密旨归家少,独奏边机出殿迟。
自是姓同亲向说,九重争得外人知。

　　第二天一早,王建以谢罪为名,将此诗呈给王守澄。王守澄看罢,心中更加怨恨,但也不敢再向皇帝诬告王建了。因为诗中诗人巧妙地倒打一耙,将责任推到了"当家"王守澄的身上——都是听他说的。这次,善于玩弄权谋的宦官王守澄吃了个哑巴亏,从此再也不提此事了。

虽在侯门似不容（上）

唐代是我国历史上文化比较开明的时代，但在婚姻上，门当户对的门第观念仍束缚着人们的手脚，寒门子弟即使能娶到大家千金为妻，其在老岳父家的处境往往也非常尴尬。本篇就讲述了这样的一个故事。

唐代诗人元载在入仕前，曾以诗文拜谒著名诗人王维。王维很欣赏他的才华，元载因而成了王家的座上宾。在王府中，元载结识了王维的侄女王韫秀。她时年二八，爱好诗文，像今天的某些女青年一样崇拜作家和诗人。她很喜欢元载的诗和他潇洒的风度，不久便萌生爱意，欲以身相许。

元载出身寒门，一直苦于登天无梯，今有官家小姐垂爱，自是喜之不尽。

王韫秀的父亲王忠嗣，是盛唐时期著名大将，曾雄镇边关多年，声名赫赫。他听说女儿和穷诗人相爱后，坚决不同意。

王韫秀是个很有主见的姑娘，她不顾父亲百般阻挠，和

元载偷结秦晋之好。生米煮成了熟饭,王忠嗣将军不得不认了这门亲事。元载因而住进了老岳父家,过着寄人篱下的生活。由于他贫穷又无功名,加之他生性敏感多疑,所以经常觉得王家子弟和亲戚们都看不起他。这使他很痛苦,终日郁郁不乐。

王韫秀看在眼里,疼在心里。一天晚上,她对丈夫说:"大丈夫志在四方,君子当自强不息,怎么能为眼前的一点眉高眼低所困呢?"

元载心中豁然开朗,他不无感激地说:"贤妻所言极是。我打算明年到长安考取功名。"从此,元载将心思都用到了圣贤书上。

第二年,考期临近,元载将离家赴考,临行前,他有点恋恋不舍,为妻子题别诗一首,诗曰:

别妻王韫秀

元 载

年来谁不厌龙钟,虽在侯门似不容。

看取海山寒翠树,苦遭霜霰到秦封。

王韫秀从诗里看出了丈夫情绪不高和对自己的依恋,于是决定陪他进京赶考,并写了一首五言诗为丈夫壮行:

同夫游秦

王韫秀

路扫饥寒迹,天哀志气人。
休零离别泪,携手入西秦。

元载与妻到长安后,夫妻同甘共苦。在贤内助的支持和鼓励下,他终于高中了进士,并入朝做了官,后来还高升至宰相呢。

虽在侯门似不容(下)

元载为相后,往日看不起他的亲戚们纷纷上门来攀亲,王韫秀看了后自然很生气。一天,一位过去笑话她嫁错了人的姨表妹找上门来求姐夫办事,王韫秀抚今思昔,感慨良多,写了下面这首七绝寄给她:

夫入相寄姨妹
王韫秀

相国已随麟阁贵,家风第一右丞诗。
笄年解笑鸣机妇,耻见苏秦富贵时。

诗的大意是:我丈夫已入了麒麟阁为宰相,家风应像王维的诗一样保持淡泊清新,你刚及笄时就嘲笑我因下嫁了你姐夫要亲自织布,现在他像苏秦一样功成名就了,你再来见他不觉得羞耻吗?

元载为相多年,权倾朝野,每日都贵客盈门,当然也有不少下层官吏和慕名而来的寒士被阻之门外,因此他也得罪了不少人。王韫秀是个见识超群的妇女，她知道富贵并不长久，显赫也只是暂时的，她希望丈夫在任上时少得罪些人，以免断了后路，因此又给丈夫写了下面这首七绝：

喻夫阻客
王韫秀

楚竹燕歌动画梁，更阑重换舞衣裳。

公孙开阁招嘉宾，知道浮荣不久长。

然而很遗憾的是，贵为宰相的元载已经不像当年那样听妻子的金玉良言了。他为官极贪，专权误国，为同僚们所恨，终于在777年，被唐代宗赐死。抄没家产时，家中仅从岭南运来的胡椒就有八百担之多，其他财宝更是不计其数，他的死可以说是罪有应得。

不幸的是王韫秀，她作为犯有重罪官员的家属，按规定要到皇宫中当奴婢。她临死前叹息说："我自幼为节度使的千金小姐，又当了十六年的宰相夫人，哪能到宫中屈辱为奴呢？"据说她因抗旨而被杀。

还似洛妃乘雾去

安始之乱结束后,在叛军的老巢河北(黄河以北)地内有三个重要的藩镇——魏博镇、成德镇和卢龙镇。这三个镇的节度使都是从安禄山和史思明手下投诚过来的降将,他们拥兵自重,割据一方,并且都野心勃勃,想通过武力扩大自己的地盘,成为新的动乱的主要根源。

在河北三镇中,野心最大、为人最为跋扈的是魏博节度使田承嗣。田承嗣的儿子娶了潞州(今山西长治)节度使薛嵩的女儿为妻。按理说,田薛两家门当户对,应是非常要好的亲家关系了,可野心勃勃的田承嗣却一心想强占潞州的土地。他以自己得了一种怕热风的病为借口,谎说自己要想多活几年,只有将自己的驻地搬到凉爽的潞州去才行。为此,他从军队中挑选了精兵三千,称为"外宅男",准备让他们打前锋,出其不意地进攻潞州。

消息很快传到了潞州,节度使薛嵩听到后,日忧夜闷,不知怎么来对付此事。一天,他又在堂上叹息时,一个叫红线的侍女问:"老爷近来总是唉声叹气,饭吃不好,觉也睡不香,是否都是因了魏博之事?"

薛嵩见侍女乱插嘴,没好气地对她说:"这等大事不用你来操心,干你应干的事去吧!"

红线却说:"我虽是下人,但已有解决主人忧愁的办法,主人想不想听?"

薛嵩有点不敢相信自己的耳朵,他忙说:"什么?你有办法?"

红线嫣然一笑说:"老爷,这事您不必着急上火,婢女我自有办法解决。今晚我就往魏州(今河北大名之东北)一趟,三更左右就能回来,您等着我的佳音吧!"

夜里,薛嵩一个人在灯下喝着闷酒,心里在不停地合计:"从潞州至魏州,相距近四百里,她一个姑娘家,走都走不到地,能连夜返回吗?唉,她是安慰我的……"

鼓打三更时,忽见一叶从窗外飘至桌上,薛嵩一惊。红线闪身进来说:"大人,事已全办妥了。"

薛嵩随口问:"怎么办妥的?"于是红线就把此夜的经过大体说了一遍。原来,红线天生是飞毛腿,并习得一身好武艺。她一路飞奔到魏州,找到了节度使府,夜里潜入府内,神不知鬼不觉地溜进了田承嗣的卧室。当时田承嗣正酣睡于帐中,枕下放一宝剑,剑旁有一金盒,内装田的生辰八字。红线将金盒拿走,连夜急返潞州,至老爷书房时,正好三更。薛嵩听完,竟惊得以为自己是在梦中。

第二天,他按红线的意思,派人骑快马将金盒和一封信送往魏州。使者马上加鞭，用了一天多的时间方到魏州，而此时的魏州城内，正紧张地捉拿盗盒贼。使者当夜求见田承嗣。田见盒读信，见上面写道："昨夜有客从魏州来，自云从元帅头边拿一金盒，弟不敢贪此宝，特此奉还……"田惊得看不下去，出了一身的冷汗。

此后不久，田承嗣准备了一份厚礼，派使送至潞州，也附了一封信。信上说："我的头颅，在您的掌握中。我知道自己的过错了，一定改正。我挑选的那些外宅男，本是用来预防盗贼的，现已令他们脱去盔甲，都去种田了。"

红线在办完此件大事后，坚辞离去。薛嵩挽留不住，只好举行盛大的宴会为她送行。诗人冷朝阳也参加了那次宴会，他在席上赋诗曰：

送红线

冷朝阳

采菱歌怨木兰舟，送客魂销百尺楼。
还似洛妃乘雾去，碧天无际水东流。

诗人吟毕，红线在给众人行礼后，飘然离去，自此不知去向。

人面桃花相映红

唐德宗贞元初年,博陵(今河北定县)年轻举子崔护到长安参加科举考试,未中,心情郁闷不安。

清明节那天,他一个人信步到城南踏青散心。郊外,艳阳当空,柳绿桃红,蜂飞蝶舞,娇莺时啼,大好的春光惹人醉。崔护沉浸其中,流连忘返,不觉已日高当午。

崔护走至一农家院前,但见一枝红桃悄然出墙,占尽春风,心中诗情油然而生。他低头吟咏良久,竟无词可道眼前美景,暗自怅然,始觉口渴难耐。他于是上前敲门。敲了几下,里面传来一声黄莺娇啼般好听的声音:"谁呀?"

崔护忙回答:"我呀,我好生口渴,想到宝宅讨碗水喝,不知可否方便?"

"这——"里面的姑娘略微沉吟了一下说,"好吧。不过……"她虽这样说着,但门还是吱的一声打开了一条缝,从里面露出一二八佳人的玉面来。但见她目如秋水,发如墨染,粉面桃靥。崔护一下子呆住了。

姑娘看见门外站着的是一斯文英俊的年轻书生,不觉也

——明刊本《唐诗画谱》

心有所动,脸上悄然飞起了两朵红云。

崔护随姑娘进得院来。姑娘忙从屋里端来一杯水,放在门后桃树下的石桌上,手不自然地把玩着腰下的玉佩。崔护边喝水边暗自打量树下的姑娘,见她在桃花的映衬下显得格外俏丽妩媚,心中油然而生爱慕之情。杯水喝尽,崔护道谢,恋恋不舍地离开了小院。姑娘也若有所思地关上了院门。

崔护回到馆驿,眼前还总是浮现出她姣好的身影和人面桃花相映的万般情致。但由于归期已近,身边又无良媒,他只好心事重重地返回故乡。

一年苦读后,崔护再度来到长安,他满怀激动地探寻那个小院。但此时,桃花依旧,他朝思暮想的那位姑娘却已离开了。他惆怅不已,挥笔在院门上题下了这首传诵千年的佳作:

题都城南庄
崔 护

去年今日此门中,人面桃花相映红。

人面不知何处去,桃花依旧笑春风。

关于此事的结局,现流行两种说法:一是大团圆结局,有情人终成眷属;二是缘分错过,崔护只能见花空叹。何者是真,何者是假?答案在读者的心中。

腹有诗书居自易

唐贞元三年（787年）早春时节，年仅十六岁的白居易怀揣诗稿，来到了人才济济的帝都长安。虽然都城的亭台楼阁气宇轩昂，川流不息的街市热闹非凡，但他却无心思观看，因为他急着想去拜谒当时的著名诗人顾况。

他沿途打听，中午时分终于到了顾府门前。让门人递上门生帖子后，年轻的诗人很幸运地得到了召见。

他毕恭毕敬地行礼已罢，将自己誊写得工工整整的诗卷捧给老诗人。

顾况打开诗卷，见上面署名是白居易，他手捋着胡须笑了。他重新打量了眼前这位稚气未脱的少年，问道："年轻人，年庚几何？"

白居易忙答道："虚度十六春。"

老诗人又问："祖籍哪里？"

"太原。"

顾况点头说："这么说，你是从太原而来了。"

"不是，学生今客居江南，从江南而来。"

"江南好啊！山清水秀，鱼米飘香，生活在那里也容易些。长安的米价太贵，要白居可就不易了！"老诗人随口和他开了个玩笑。

白居易听出了顾况的话中话，他默默无语，相信自己的诗作会告诉他自己不是个"白"居之人。

果然，当老诗人展开诗卷，看见《赋得古原草送别》一诗时，眼睛竟越睁越大，摇头晃脑地诵读起来：

离离原上草，一岁一枯荣。
野火烧不尽，春风吹又生。
远芳侵古道，晴翠接荒城。
又送王孙去，萋萋满别情。

读罢，他连连称好，忍不住再三玩味，然后，满眼欣喜、兴奋地望着白居易说："有这等好诗，长安之米贵于黄金，你住在这里也是很容易的事。"

此后，白居易和顾况就成了忘年之交。在老诗人的鼎力提携下，白居易很快就在京城赢得了诗名。

第一仙人许状头

唐宪宗元和年间，诗人李翱任朗州（今湖南常德）刺史，有举子卢储拿着自己的诗文求见，希望李刺史能代为宣扬，为考进士做个准备。

李翱将诗文放在书桌上，被他的大女儿看见了。她反反复复地读了几遍诗文，暗暗地点了点头，对身边的侍女说："按此举子的文章，将来必定会中状元。"

李翱听说此事后，感到很惊奇，手把诗文一看，果然非同寻常，心中暗喜："此人为我东床也。"他将这个主意和女儿商议，女儿面红不语。于是李翱就请师爷做媒，前去说合。

师爷见到卢储，先给他道喜。卢储问喜从何来。师爷便将刺史大人的美意添金镶玉地说了一通。卢储大喜，他正愁无登天之梯，现有官家小姐自愿以身相许，通天的大路已展现在面前，他半推半就地应下了。

为了让新姑爷能成为状元郎，李翱托同年好友在京中多方活动，再加之卢储也确有文才，第二年他竟真的中了第一名进士——状元。

卢储衣锦还乡，奉旨完婚。迎亲的花轿已至李府多时，可那位百般打扮的状元娘子，由于总是对打扮不满意，迟迟不能下楼。卢储等得心焦，就写了一首诗，让人送上楼去催她快快下楼。诗曰：

催　妆
卢　储
昔年将去玉京游，第一仙人许状头。
今日幸为秦晋会，早教鸾凤下妆楼。

李小姐看过，知道状元郎已等烦了，也就不再刻意上妆，和娘亲丫鬟一起下楼啦。

中华元素丛书

惹得仙子下凡来

在唐代,最珍贵的花是哪一种?相信人们一定会说是那国色天香的牡丹。其实却不然,牡丹有价,而这种花却无价,它就是惹得仙子下凡来的玉蕊花。此花在唐朝时就是一个稀有品种,长安只有很少的地方种它,其中以唐昌观的最为著名。

唐昌观是一座道观,位于长安朱雀门街的安业坊附近,其遗址大约在今西安市小雁塔西南。据记载,唐昌观的玉蕊花为唐玄宗的女儿唐昌公主所手植。每当它春天盛开时,倾城的人都争先恐后地赶来观看。此花清幽脱俗,为花中神品,可惜早已绝迹。后人只好在唐诗中一睹它的神采了。诗人王建在《唐昌观玉蕊花》中写道:

一树珑松玉刻成,飘廊点地色轻轻。
女冠夜觅香来处,惟见阶前碎月明。

唐昌观的玉蕊花不仅使人为之倾倒,就连神仙也为之下凡来。传说在唐文宗大和年间的一个春天,唐昌观的玉蕊花盛开,在看花的人群中来了一位衣着华贵、气质高雅的姑娘,她看上去也就是十七八岁的光景,随从有二位女道姑、三个仆人,皆身着黄衫。她们以白角扇遮住面容,径直来到花下赏花。她们所经之处,清香扑鼻。旁观的人们认为是宫内的妃嫔来看花,皆自觉地闪在一旁,不敢靠近。

姑娘看了一会儿花,命女仆折了几枝花后转身出门。将要上马时,近旁的人隐隐约约地听她对一位女道姑说:"前些日子所定的玉峰约会,现在该去赴约了。"这时空中忽然霞光万道,祥云缭绕。她们骑马驰去百余步后,人和马皆腾空而起,眨眼间就消失了。人们始才知道,她们是仙子下凡界来赏花的。她们走后,所留下的异香月余不散。

此事很快就传到当时的诗人耳中,他们纷纷赋诗,以记其事。严休复在他的《唐昌观玉蕊花折有仙人游怅然成二绝》(其一)中写道:

终日斋心祷玉宸,魂销目断未逢真。
不如满树琼瑶蕊,笑对藏花洞里人。

刘禹锡在和严休复的诗中,想象了仙子们观赏玉蕊花时的情景。诗曰:

和严给事闻唐昌观玉蕊花下有仙游二绝(一)

刘禹锡

玉女来看玉蕊花,异香先引七香车。

攀枝弄雪时回顾,惊怪人间日易斜。

除此外,元稹、张籍、白居易等各有和诗,篇幅所限,不复再引。

俱是苍生留不得

在唐代,许多帝王也像秦皇汉武一样好神仙,一代明君唐太宗李世民就是因吃胡僧的长生不老药而死。但这血的教训并不能让他的后世子孙在此事上清醒,一百七十多年后,唐宪宗又成了第二个服仙药中毒身亡的皇帝。

应当说,唐宪宗作为一代中兴名主,早年是很有作为的。他任命裴度为相,广开言路,铲平了藩镇叛乱,使大唐王朝有了中兴的气象。可是在他迷上了神仙之后,就成了一个任由人蒙骗的昏君。

元和五年(810年)末,宦官张惟则出使新罗国(在今朝鲜半岛上),他回来后向宪宗胡吹说:"当我们的船泊在某一无名的海岛时,夜半忽听见鸡鸣犬吠之声,于是乘月去寻,走了二里有余,见到几位穿戴怪异、鹤发童颜的人。他们对奴婢说:'你回去给你们的陛下传个话,我们曾经是故人,请他闲时来叙叙旧。'言讫不见。待我们登船后,刚才走过的那条道路也看不见啦。"

唐宪宗听后,眼睛发亮,手拈胡须自言自语地说:"如

此说来,朕前生就是那里的仙人啦。"自此,唐宪宗将自己看成是一位有慧根的仙人,在宫中过起了神仙般的日子。诗人李贺在他的五言律诗《仙人》中,描写并嘲笑了唐宪宗这种做法的愚蠢和虚妄:

仙 人

李 贺

弹琴石壁上,翻翻一仙人。

手持白鸾尾,夜扫南山云。

鹿饮寒涧下,鱼归清海滨。

当时汉武帝,书报桃花春。

诗人李贺不幸早逝,不然他就会看见唐宪宗晚年是如何变本加厉地求仙服药。元和十三年(818年),唐宪宗向全国公开下诏求方士,宰相等大臣不仅不劝止,反而串通了金吾将军李道古一起,向皇上推荐了方士柳泌和尚大通,说他们能配出长生不老药。唐宪宗立即召见二方士。

柳泌对皇上说:"天台山是神仙居住之所,山上生有仙药异草,吾皇如能任命臣为天台(在今浙江天台)刺史,得仙药不难矣。"对此,一些正直的大臣坚决反对,他们认为,过去历朝历代的皇帝虽然也有宠信方士的,但从来没有让他们当地方长官治理百姓。但是由于宪宗皇帝长生心切,他根本就顾不上这么多了。他对朝臣们说:"烦扰一个州的百姓

俱是苍生留不得

——明刊本《唐诗画谱》

而能使朕长生不老,这个代价不能说是太大。"于是他就封柳泌为天台刺史。

柳泌上任后,驱使大量的百姓入山采药,搞了一场轰轰烈烈的大炼仙丹运动,但最终也没能得到什么灵丹妙药。元和十四年(819年),唐宪宗服了这帮方士们炼制的金丹后中毒,性情变得乖戾暴躁,左右的宦官动辄就被他斥责或杀死,这加快了他奔向黄泉路的速度。820年,宦官陈弘志毒死了唐宪宗。一代大有作为的皇帝又成了妄求长生的牺牲品。

晚唐诗人李商隐一年在经过埋有唐宪宗尸骨的景陵时,想到了这件事,写下了下面的这首七绝抒发自己深沉的感慨:

过景陵

李商隐

武皇精魄久升仙,帐殿凄凉烟雾凝。
俱是苍生留不得,鼎湖何异魏西陵。

诗中辛辣地讽刺了帝王们求神仙的虚妄和好神仙的愚行。诗歌思想深刻,富有现实针对性。

反客为主神策军

唐宪宗元和四年（809年）的一天，诗人白居易游紫阁峰。下山时已是傍晚时分，诗人来到北面的一个山村，走进一户农家。一位四十多岁的山村农民迎上来问道："官人找谁？"

白居易忙上前解释说："我叫白居易，今早来紫阁峰游览，下山时天色已晚，回不去了，所以来宝宅借住一宿，不知道您可否行个方便？"

山民看他是个读书人，说话彬彬有礼，懂得礼节，所以很热情地答应下来："可以，快请坐。"

家里只有山民一个人，他一边倒水一边说："老婆孩子都回娘家去了，这几天神策军在这一带为非作歹，我让老婆孩子出去躲躲。"

白居易从背包里拿出干粮说："老乡没吃过晚饭吧，我们一块儿吃吧。"

山民忙说："不要着急，我知道你路上饥渴，待我备些菜，我们同饮几杯，岂不更好！我柜子下面还藏着半坛子酒

呢——怕被神策军来了给抢走,所以没敢放在外边,嘿嘿。"山民得意地笑了。

不一会儿工夫,山民便备齐了几个下酒菜,又从柜子里搬出了那半坛子酒,各自倒上一大碗准备畅饮。突然,门哐的一声被撞开了,几个穿紫色军服的军爷拿着刀斧冲了进来。

他们发现了桌上的酒菜,馋得直流口水。一个头头模样的人得意地说:"知道老子要来此地,特备酒菜招待,那我们就不客气了,弟兄们,开吃!"

说着,那人夺过白居易手中的酒碗,一饮而尽。其他几个军爷也围着桌了胡吃海喝起来。眨眼间,桌子上的酒菜被一扫而光。那个神策军的头头用手擦了下嘴,对这家的主人说:"这顿算是你们犒劳我们弟兄的。"

山民恭恭敬敬地说:"应该!应该的!"说罢,山民倚靠在墙角里,就像一位规规矩矩的客人那样一声也不敢吭。

连汤带水喝光后,一位神策军兵爷冲着门外大声喊道:"这家的院子里有一棵好大好大的树,正是当官的让找的好木头,咱们把它砍了就能交差了。"

山民一听,急了,忙跑出去抱着大树哀求说:"众军爷手下留情,这棵大树已长了三十年,这还是我在少年时祖父带我栽下的,千万不要将它砍了!"

神策军的头目大声嚷道:"这大树是给皇帝修宫殿用的,不听从我的命令就是违抗皇帝的圣旨。"

白居易忙上前拉开山民说:"你千万不要再争执,现在的神策军正受皇帝的恩宠呢!"

山民不再说话了,眼睁睁地看着他们砍倒了那棵大树。

第二天,白居易告别了山民,离开了山村。但昨天神策军闯进山民家的景象,深深地印在诗人的脑海中。回去后,他奋笔疾书,写下这首五言叙事诗:

宿紫阁山北村
白居易

晨游紫阁峰,暮宿山下村。
村老见余喜,为余开一尊。
举杯未及饮,暴卒来入门。
紫衣挟刀斧,草草十余人。
夺我席上酒,掣我盘中飧。
主人退后立,敛手反如宾。
中庭有奇树,种来三十春。
主人惜不得,持斧断其根。
口称采造家,身属神策军。
"主人慎勿语,中尉正承恩!"

高轩过后忘年交

李贺（790年~816年），字长吉，生于昌谷（今河南宜阳），唐朝贵族郑王的后代。据说他七岁便能写诗，且写得很好，许多人以为奇，争相传抄，他"神童"的美名也不胫而走。消息传到了很多当时有声望的诗人耳中，他们都想见一见这位大名鼎鼎的小诗童。

贞元十二年（796年）的一天，当时已声名显赫的文学家韩愈和学生皇甫湜乘马车来到了李贺家，欲一睹小诗人的风采。出门迎接他们的是李贺的父亲李晋肃，他见韩愈大驾光临，便很客气地把他们请进客堂，招呼侍从唤小儿子进堂拜见客人。

李贺又蹦又跳地跑进客堂来拜见客人。

韩愈和皇甫湜师生尽管心中早有准备，但还是吃惊不小，他们真不敢相信眼前这位头扎犄角、一脸稚气的小男孩，竟能作出让人们争相传诵的诗歌。

韩愈笑着问童子道："听说你会作诗，我出一个题目，你来作首诗如何？"

李贺答道:"大人请但出无妨。"

韩愈与皇甫湜商量了一下,便说:"就以我们今天来看望你为题吧。"

李贺拿起笔,稍稍考虑了一下,不一会儿便写出来了。

两个人忙接过来细看。但见上面写道:

高轩过
李 贺

华裾织翠青如葱,金环压佩摇玲珑。
马蹄隐耳声隆隆,入门下马气如虹。
云是东京才子,文章巨公!
二十八宿罗心胸,元精耿耿贯当中。
殿前作赋声摩空,笔补造化天无功。
庞眉书客感秋蓬,谁知死草生华风。
我今垂翅附冥鸿,他日不羞蛇作龙。

皇甫湜看罢,高兴地嚷道:"老师,他说您的诗文名声之高,高得都接天宇了,还称赞您的诗惊天动地,美妙至极,可弥补大自然造化的不足呢。这哪是孩子,真是太成熟了!"

韩愈笑着说:"也难为他小小年纪竟能写出这样的诗来。不过,这对我也太溢美啦,老夫如何能消受得了!"

耳听为虚,眼见为实,二人都相信小李贺是位名不虚传的神童了。从此以后,三人还成了忘年交呢。

中华元素丛书

身骑白鹤游青天

唐德宗年间,果州南充县(今四川南充)有一个穷人家的小女孩,名叫谢自然,因家贫无力抚养,很早就被父亲送到道观中当了小道姑。此女孩天资聪颖过人,十四岁时就已修炼到能辟五谷(不吃饭)的地步。随后,她在金泉山筑室修行。

贞元十年(794年)十一月二十日,已得道的谢自然白日升天成仙。当地刺史李坚将此事当作祥瑞上奏唐德宗。奏折上说,当时有几千人亲眼目睹,谢道姑升仙时五色祥云满天,异香扑鼻,空中还隐隐有仙乐传来。唐德宗好神仙,对此深信不疑,特下诏书表扬了一番。

此事如此一闹腾,成了当时社会上最为轰动的新闻,许多持怀疑态度的人也不得不信了。它有力地助长了当时人们的迷信思想。一贯对访道礼佛持反对意见的韩愈坚决不信此事,他写了一首五言长诗《谢自然诗》(摘录),抨击此事。诗中写道:

人生处万类,知识最为贤。
奈何不自信,反欲从物迁。
往者不可悔,孤魂抱深冤。
来者犹可诫,余言岂空文。

然而不久,已羽化升仙的谢自然却从仙境中回来了。这让许多人都感到不可思议。其实,此事说来荒唐,谢自然的此次升仙是被她的一位师兄引诱走,他们到一个隐秘的地方同居了。时间长了,师兄厌倦了,将她抛弃后一走了之。她一个人在外地无法谋生,只好返回家乡。她的升仙只不过是男道士拐骗她时,为了逃避追查玩的一个鬼把戏而已。对此,中唐诗人刘商微妙地讽刺道:

谢自然却还旧居

刘 商

仙侣招邀自有期,九天升降五云随。
不知辞罢虚皇日,更向人间住几时。

谢自然升仙的把戏随着她重返旧居应是不戳自穿的笑料。但是,由于古代交通不便,信息传播渠道不畅,此事过去后几十年了,许多地方还流传着她成仙升天的佳话,并且许多人对此也深信不疑,有诗为证,诗曰:

谢自然升仙

施肩吾

分明得道谢自然,古来漫说诗解仙。
如花年少一女子,身骑白鹤游青天。

据考证,施肩吾写此诗时,要比上述韩、刘二公的诗晚了二十多年。

夕贬潮州路八千

唐宪宗是个非常迷信佛法的人。元和十四年（819年）正月里，他派出一批和尚与太监，从法门寺护国真身塔内，把佛祖释迦牟尼的一节指骨迎到长安皇宫里供奉，顶礼膜拜。这样大搞了三天之后，又把这节指骨送到长安的各大寺院里，依次供奉。一时间，京城内外的王公大臣们掀起了奢侈铺张的迎送佛骨活动。街头巷尾的老百姓对此议论纷纷。

唐宋八大家之一的韩愈觉得，皇帝这样崇尚和提倡迷信活动，实在太不正常了，对国计民生没有丝毫好处，于是他精心写了一道奏章，即《论佛骨表》，痛切地指出佞佛是非常有害的事，要求皇帝立即下旨制止。

奏章送上去后，唐宪宗顿时怒不可遏，要杀韩愈。幸亏有裴度等正直的大臣竭力相救，唐宪宗才不得不改变了主意，但是仍怒气冲冲地把韩愈逐出京城，由刑部侍郎贬为潮州刺史。

当时的潮州（今属广东）是南方海边的荒僻之地，与长安相距约八千里远，那一带有瘴气（热带或亚热带山林中的

——明刊本《唐诗画谱》

湿热空气），人碰上后会得病，而且那时医疗条件很差，患者常会因此死去。所以，韩愈此行真可谓是凶多吉少，生还的可能性极小。

韩愈和哭哭啼啼的妻儿（后来他们也被驱逐出京）告别后，独自一人冒着凛冽的北风踏上了漫漫行程，沿着驿道向潮州走去。一路上，他深感悲愤不平，一想到妻儿和他生死离别的场景，心中更是凄楚难言。

一天，天空中大雪纷纷扬扬，积雪堆在蓝关（在今陕西省境内秦岭北麓的蓝田县内）前的大道上，连马都前进不得。他在此地却意外地见到了亲人——侄孙韩湘。韩湘是韩愈爱侄韩老成的儿子，两家向来亲如一家。韩湘听说叔祖父孤身上路，非常不放心，赶来和他同行。

他乡遇故知，韩愈再也控制不住自己的感情，悲歌当哭，激昂慷慨地向韩湘吟诵了下面这首著名的诗篇：

左迁至蓝关示侄孙湘

韩　愈

一封朝奏九重天，夕贬潮州路八千。
欲为圣明除弊事，肯将衰朽惜残年！
云横秦岭家何在？雪拥蓝关马不前。
知汝远来应有意，好收吾骨瘴江边。

诗的意思是说，早晨一封奏章送到了皇帝（九重天）面

前,晚上就被贬官远在天边的潮州。想要替皇上除去迎佛骨的弊病,怎能因衰老而吝惜我的生命和残年!仰望终南山(秦岭)上浓云密布,我的家在哪里?立马蓝田关大雪阻路,心里感慨万千。知道你(韩湘)远道赶来是有所打算的,正好在瘴气弥漫的江边收拾我的尸骨返回家园。全诗写得正气浩然,大气磅礴,感情真挚豪迈,动人心旌,不愧为一首流传千古的佳作。

李愬雪夜袭蔡州

元和九年（814年），淮西节度使吴少阳死，他的独生子吴元济自立为节度使，并且与朝廷为敌，派兵攻打并抢掠蔡州附近的许多州县。蔡州兵杀人放火，抢夺财物，奸淫妇女，百姓深受其害，苦不堪言，告急的文书一次次传到朝廷。唐宪宗与大臣们仔细研究后，认为吴元济占据的地盘较小，且四周都是朝廷统辖的州县，较易攻克，于是命韩弘为统帅，围攻吴元济的老巢淮西。谁知这场战争进行得很不顺利，打了一年多也没取得一点实质性的进展。后来又几经周折，淮西割据地蔡州竟成了一块难啃的骨头，许多朝臣对是战还是妥协举棋不定。最后，宰相裴度力请挂帅，限期讨敌。唐宪宗很感动，赐马又赐衣，任命他为大元帅。

在裴度元帅的帐下，有一位能征惯战的大将，名叫李愬，他富于谋略，善于用兵。当时战争已进行了三年多，唐军并没有什么优势可言，吴元济方面也因此麻痹松懈。降将李祐向李愬建议说，吴元济的精锐部队都在外作战，而老巢蔡州的驻军是老弱病残，应该尽快奇袭蔡州。李愬同意了他的计

谋。

在上报裴度批准后，李愬于元和十二年（公元817年）十月十五日夜，率领士兵九千余人兵发蔡州。当夜，唐军先急行军六十里，夺取了军事要地张柴村，消灭了吴元济的守卫部队，接着，取道一条很少有人行走的险路，直奔七十里外的蔡州城。这天的后半夜，天气奇寒，北风凛冽，天空中飘着鹅毛大雪，许多旌旗被风撕裂，一些老弱的士兵和马冻死在路旁。可是，唐军在李愬的率领下，继续前进，终于在十六日晨，抵达了蔡州城下。

自从吴元济父子割据以后，三十年中，从没有外来的军队到过蔡州，所以唐军兵临城下时，城内毫不知晓。先锋李祐首先攀上城头，士兵们随之而上，把还在睡梦中的守兵全部消灭，然后打开城门，放入唐军的大队人马。

到鸡叫时，雪停了，这时才有人向吴元济报告，说唐军攻进了外城。吴济元开始还不相信，等到听见唐军传令的声音后，才惊慌地带领卫队上内城应战。十七日，李愬下令围攻内城，放火烧城南门，蔡州百姓争着背来柴草助战。至下午，城门被烧坏，唐军入城，活捉了淮西镇叛乱的祸首吴元济。

当时，人们备受藩镇割据之苦，李愬雪夜收复蔡州的捷报不胫而走。诗人王建听到消息后，兴奋异常，立即提笔写了《赠李愬仆射二首》。其中有一首就精彩地描绘了雪夜行军和先锋登城的情景：

赠李愬仆射二首（其一）

王　建

和雪翻营一夜行，神旗冻定马无声。

遥看火号连营赤，知是先锋已上城。

雕琢文章字字精

在唐代众多的诗人中，贾岛以苦吟而闻名于世。

据说，有一年深秋，他在长安骑驴经过朱雀大街，见满地落叶，遂诗兴袭来，得一佳句："落叶满长安。"可是此后他却怎么也想不出合适的上句来。他低着头，信驴由缰地想啊想啊，想了好半天，才终于想出了上一句："秋风吹渭水。"他高兴得忘乎所以，驱驴狂奔，一不小心，撞上了京兆尹（相当于今日的北京市长）刘楚的仪仗队，被抓起来关了一晚上。又一次，他骑驴吟诗，想起了他那著名的"僧敲月下门"的诗句，当时他对诗句中用"敲"字好还是用"推"字好拿不定主意。他就在驴背上反反复复地做着推、敲的手势，仔仔细细地揣摩，浑然忘我，连官家敲锣开道的声音都没有听见，不想又撞上了韩愈的仪仗队，被官差抓了起来。不过，他这次却比上一次幸运，不仅没被关进黑屋子，反而还得到了大文学家韩愈的指点。韩愈帮他斟酌，最后选定了"敲"字。因为敲的动作小，更能突出夜的静谧。这已成了千古流传的佳话。

贾岛的诗，大多苦吟而来，诗风凄苦瘦硬，在当时就被人们褒贬不一。韩愈很喜欢贾岛的诗，有诗为证，诗曰：

赠贾岛
韩　愈
孟郊死葬北邙山，从此风云暂得闲。
天恐文章浑断绝，更生贾岛着人间。

诗中，韩愈对贾岛可以说是推崇备至，但比起晚唐诗人李洞来，还远远不够。传说李洞简直把诗僧贾岛当作神看。他由于崇拜贾岛出了家，手持念珠念贾岛经。他若知道谁喜欢贾岛的诗，就一定要手抄数首送给此人，并且郑重其事地说："这无异于佛经，回去应焚香诵读。"一次他为贾岛扫墓时，写下了下面这首悼诗：

贾岛墓
李　洞
一第人皆得，先生岂不销。
位卑终蜀士，诗绝占唐朝。
旅葬新坟小，魂归故国遥。
我来因奠洒，立石用为标。

其中，"诗绝占唐朝"一句，无疑是过誉了，不然，像诗圣杜甫和诗仙李白等，又应放在哪里呢？

惭愧阇黎饭后钟

王播是中唐时期的宰相,而且诗写得也非常出色,但流传下来的却不多。

他年幼时父母双双病亡,生活穷困,一度曾寄住在扬州惠昭寺里刻苦攻读。

当时的寺庙每逢开饭前都要敲钟,小王播听到了钟响便收拾好书本跟随着和尚们一起去吃饭。他人穷志不短,对这种吃白饭的生活,心里总觉得不是滋味,但一时也没有办法,只好把自己的贫困家境向当家的和尚说明,请他帮助。可谁知这个和尚很势利,不但对他没有一点同情心,反而因厌恶这个白吃饭的穷书生而想出了一个坏主意来。

一天,王播在屋内读书,他早就感到饥肠辘辘了,但开饭的钟声却迟迟不响。又过了一段时间,终于听到钟声了,他便急忙到饭堂去打饭,可眼前已是僧去碗空了。他有点摸不着头脑,找到当家的和尚问为什么开饭前没有撞钟,当家和尚眯缝着一双狡黠的小眼睛说:"这里的规矩今天改了,以前是先撞钟再开饭,可今天是先吃饭后撞钟。"

王播的自尊心受到了极大的伤害，如果不愿给饭吃可以当面说清楚，怎么可以用这样的办法来捉弄人呢？他一气之下便离开了惠昭寺。

几年过后，王播进京考中进士，后一直当到了宰相。

在他外任淮南节度使，驻守扬州时，他决定到当年读书的惠昭寺里去看看。

当年主事的那个和尚听说寺里要来个大人物，而且就是当年那个白吃僧饭的穷书生时，他顿时后悔不已，忙把王播以前读书的小屋子打扫得干干净净，无意中还发现了墙上有首王播当年题的诗，和尚如获至宝，立即将诗句上积了三十年的尘土掸去，又叫人做了一个精致的碧纱笼，把那几句诗罩了起来。

王播来到寺庙里，当家和尚面带媚笑，点头哈腰地陪着他参观，奉承话一句连着一句。当家和尚指着墙上的碧纱笼，讨好地说："这里是大人在小寺留下的墨宝，真是稀世之宝啊！小僧一直精心地保护着呢！"

王播面对这个势利的和尚，心里有种说不出的滋味。以前自己在这里苦读连饭都吃不上，而如今做了官，便身价倍增，连当年偶吟的几句诗也成了珍贵文物了！他感慨万千，当场在墙上题下了两首七绝：

——明刊本《唐诗画谱》

题木兰院二首
王 播

（一）

三十年前此院游，木兰花发院新修。
如今再到经行处，树老无花僧白头。

（二）

上堂已了各西东，惭愧阇黎饭后钟。
三十年来尘扑面，如今始得碧纱笼。

第一首诗，他慨叹时光无情；第二首诗则毫不留情地讽刺了当家和尚前倨后恭的丑态。真不知当时那个势利和尚，如何下得来台！

曾把文章谒后尘

唐德宗贞元末年,牛僧孺来到京都长安,准备参加进士考试。和当时的许多举子一样,为了增大录取的机会,他在安顿好住处后,就拿着自己平日里写的最为满意的诗文去拜谒长安城里的文化名人。

他首先去拜见的是已为官多年的著名诗人刘禹锡。刘禹锡,字梦得,当时在朝廷中任监察御史之职。牛僧孺去的那天,刘府正在宴客,主人于宴席上接待了这位年轻的举子。

许是借着点儿酒劲,刘禹锡竟忘记了后生可畏的古训。在牛僧孺恭恭敬敬地递上自己的诗文后,刘禹锡连一句褒奖的话都没说,当着许多客人的面,毫不客气地评点了起来。他让书童取来笔,研好墨,刷刷点点,飞快地上涂下改。牛僧孺站在席边,非常尴尬。

此事过去后,刘禹锡很快也就忘了。牛僧孺又去干谒韩愈。韩愈非常赏识他,并鼎力地支持了他。此后两年,即唐德宗贞元二十一年(805年),牛僧孺中了进士,随后又通过了吏部的考试，被委任了官职。唐宪宗元和三年（808年），策试贤良方正直言极谏科，牛僧孺被主考官拔为上第。从此，牛僧孺官运亨通，进入官场仅十余年，就高升至宰相。

与牛僧孺相比，诗人刘禹锡的官运就差多了。他虽然比牛宰相的资格老得多，早他十一年考中进士，可长期都走不上重要的领导岗位，后又因和当权者政见不和，两次被贬到外地，当了二十多年的地方官。唐文宗大和八年（834年），已白发苍苍的刘禹锡调任汝州（今河南临汝）刺史，赴任途中路过扬州，时驻守扬州任淮南节度使的牛僧孺摆酒为他接风洗尘。酒酣之际，牛僧孺又想起了十几年前的事，毫不客气地于席上赠刘禹锡诗一首，诗曰：

席上赠刘梦得

牛僧孺

粉署为郎四十春，今来名辈更无人。
休论世上升沉事，且斗樽前见在身。
珠玉会应成咳唾，山川犹觉露精神。
莫嫌恃酒轻言语，曾把文章谒后尘。

刘禹锡看过诗后，猛然想起多少年前自己酒后孟浪，当众让小牛丢丑之事，心中后悔不已，面子上也有些挂不住。为了缓和彼此间的关系，他立即和诗一首，诗曰：

酬淮南牛相公述旧见贻

刘禹锡

少年曾忝汉庭臣，晚岁空余老病身。
初见相如成赋日，寻为丞相扫门人。
追思往事咨嗟久，喜奉清光笑语频。
犹有当时旧冠冕，待公三入拂埃尘。

牛僧孺吟了此诗后，见老刘禹锡已认了错，并把自己比作当年的司马相如，气也就消了大半，酒宴尽欢而散。

事后，刘禹锡以自己的切身体会教育他的两个儿子说："你我以后为人处世，应该持中，不要过分，切记，后生可畏也！"

诗咏桃花祸复来

唐顺宗永贞年间，以王叔文为首的一派人物在朝中掀起了政治上的革新运动，历史上称之为"永贞革新"。革新派反对太监专权和藩镇割据势力，欲从宦官手里夺回神策军的兵权。兵权在握的宦官们坚决反对革新，他们联合其他朝臣，拥立顺宗的长子李纯为皇帝，即唐宪宗，迫使顺宗退位，革新运动很快就失败了。刘禹锡是革新派的主要人物之一，在失败后受到当权的反对派的严重迫害，被贬官外放。

十年后，朝廷掌握实权的大官们准备重新起用被贬的刘禹锡、柳宗元等人，这样他才得以返回长安。

回长安后，一位朋友约他赏花，说："你离开京都十年了，长安城内的变化可大了，玄都观里新种了上千棵桃树，现正值花期，美丽极了。"

刘禹锡的心被打动了。

他们一同走进玄都观里，桃林若一大片红霞落入观中，花下游人如织，争赏着这春日的美景。

刘禹锡望着桃树，不禁想起了十年前革新的失败，想到

自己离开京城后那些靠献媚如今爬上高位的小人,也不过如这眼前的桃花,虽红极一时,但很快也就要凋零。他心头浮上了一丝蔑视,随即在观内墙上即兴题写了这首诗:

元和十年自朗州承召至京戏赠看花诸君子
刘禹锡
紫陌红尘拂面来,无人不道看花回。
玄都观里桃千树,尽是刘郎去后栽。

  诗的最后一句有两层意思,表面上是说玄都观内千棵红桃是他离京后才栽上的,京城内的事物变化太大了,实际上是在讽刺此时朝内那些红得发紫的官员们,不过是在他被排挤出去以后才爬上去的。
  后来,这首诗传进官场,权臣们看出了刘禹锡是在蔑视和讽刺他们,便在皇帝面前百般挑拨,很快他又被贬官外放了。
  有趣的是,十四年后,也就是唐文宗大和二年(828年),刘禹锡由于裴度的暗中帮忙,再一次被召还长安。这年三月,他又一次去游览玄都观,此时的景色已和彼时大不相同,观内的千株红桃已荡然无存,只有兔葵、燕麦等在春风中轻轻摇动。刘禹锡在感慨之余,又写了一首语意双关的七绝。诗曰:

再游玄都观绝句

刘禹锡

百亩庭中半是苔,桃花净尽菜花开。

种桃道士归何处?前度刘郎今又来。

诗中流露出了诗人的铮铮傲骨和对群小政治闹剧的蔑视。有道是:青山不老,绿水长流,种桃道士去,刘郎今又来。

东边日出西边雨

这是一个美丽的爱情故事。故事就发生在巴渝(今重庆)东部的一个依山傍水的小村里。

春天,江边的杨柳青青,柳丝在微风的吹拂下轻轻地摇摆。江岸上一个十七六岁的少女在洗衣裳。她红润的脸蛋像熟透的苹果,黑汪汪的一双大眼睛像秋天的葡萄。这时,从远处传来一阵优美动听的山歌声,飞进了姑娘的心中。多么熟悉的声音啊!一定是他。果然远处江面上漂来一叶扁舟,一个小伙子站在船头撑船高歌。姑娘心里一阵慌乱,手里的花衣裳顺水漂走了,她竟然没有觉察。

她想起了前天发生的一件事。小伙子阿牛打鱼时,不小心把衣服刮了个大口子。姑娘便让他脱下来,一针一线,仔仔细细地为他缝好了。小伙子把衣服穿在身上,只是傻傻地笑,竟不会说一声道谢的话。周围的人在一旁打趣说:"多好的一对啊!从今天起,小伙子有人疼了,衣服破了再也不用回家找娘缝喽。"

姑娘的脸早已羞红了,她害羞地跑开了。她早在心里爱上了这个阿牛,但不知道他是怎么想的。今天他从江边划着小船向这里漂来,边划边唱,似乎对自己也有情意。人们都说姑娘的心思猜不透,可阿牛的心思也像黄梅时节的天气,说它晴吧,西边还下着雨;说它是雨天吧,东边还升着太阳,可真是让人琢磨不透啊!

阿牛突然来到了江边,将刚漂走的花衣裳放到姑娘手里说:"瞧你,还洗衣裳,衣服漂走了都不知道。"

姑娘羞涩地说:"只顾听哥哥唱歌了。"

阿牛终于鼓起勇气说:"我娘让我来请你去……去我家!"

姑娘的脸上绽开了两朵桃花。从此,阿牛和姑娘定下了美好的姻缘。

这年冬天,阿牛准备去很远的城里做工,好挣些钱回来迎娶姑娘。临走时,姑娘送了阿牛一程又一程,二人难舍难分。

第二年春暖花开的日子,姑娘每天都到山上遥望江面,盼着未婚夫阿牛早日归来。姑娘眺望着远处山上那一团团像火一样燃烧的桃花,听着山脚下一江春水拍山而过。她低下头,长长地叹了口气,见江水中漂来片片落红。她的心乱了起来,担心阿牛朝三暮四,在城里挣了钱后,又爱上了别的姑娘,从此不再回家了。一缕缕相思和忧愁,就像这绕山的蜀江水一样,无止无休地流淌着。

诗人刘禹锡听到这个美丽的故事后,写下了下面这二首

——明刊本《唐诗画谱》

至今仍家喻户晓的七绝诗：

竹枝词二首
刘禹锡

（一）

杨柳青青江水平，闻郎江上唱歌声。
东边日出西边雨，道是无晴还有晴。

（二）

山桃红花满上头，蜀江春水拍山流。
花红易衰似郎意，水流无限似侬愁。

第一首诗歌，以谐音双关状难写之情思；第二首诗歌，以具象的"水流"写无尽的情愁。两首诗节奏欢快，微带着点忧愁，格调高雅，共臻妙境。

十载长安得一第

中唐诗人章孝标,在唐宪宗元和年间,连考十次进士,次次落第。元和十三年(818年),他又一次名落孙山。当时,许多和他一样失意的举子,聚在一起大发牢骚,有叹惜世无伯乐者,有抱怨考场之风不正者,有惋惜自己不识当朝权贵者……章孝标却不愿加入他们的行列,他默默地吞下了再一次落第的苦果,利用在京城逗留的时机,为明年的考试做长远的打算。

他写了一首题归燕的七绝,献给明年有可能主持进士考试的工部侍郎庚承宣。庚工部和章孝标早就有文字之交,对他一再落第的命途也非常同情。他展开章孝标的诗,见上面写道:

归燕词辞工部侍郎
章孝标

旧垒危巢泥已落,今年故向社前归。
连云大厦无栖处,更绕谁家门户飞。

看完诗,他对这位屡败屡试的诗人更加同情,从无处可归的燕子的凄凉处境,看出了诗人章孝标的落寞和内心的悲苦。

许是天意,翌年,朝廷竟真让庾工部为主考官,主持进士考试,章孝标这年也终于考中。多年想进入"连云大厦"的美梦实现了,他自然喜不自禁,以致在回乡省亲前,竟在赠诗友李绅的一首诗中这样写道:

及第后寄广陵故人
章孝标
及第全胜十政官,金鞍镀了出长安。
马头渐入扬州郭,为报时人洗眼看。

此诗充分流露了这位老举子做官后志得意满、扬扬得意的心情,他高兴得真有点儿忘乎所以了。

李绅读了后,直皱眉头,他知道这位新及第的老兄已经高兴得昏了头。为了不让他再得意忘形,李绅决定写首诗,刺激一下他的痛处,让他清醒清醒,于是就回诗一首:

答章孝标
李 绅
假金方用真金镀,若是真金不镀金。
十载长安得一第,何须空腹用高心。

俗话说,打人不打脸,揭人不揭短。李绅的这首诗厉害得可以见血封喉,真不知刚做了官、正在兴头上的章诗人如何消受。

开元寺里竞风流

牡丹是大唐王朝的国花，不仅达官贵人喜欢，就是长安的寺庙里也培育出了许多绝色的牡丹。唐穆宗长庆三年（823年），白居易任杭州刺史时，当地还没有牡丹花，只有城中开元寺的和尚惠澄从长安运来了一株，栽在寺院的庭院中。惠澄和尚对它呵护有加，"上张幄幕庇，旁织笆篱护"。所以那株花也开得格外好，每年春天都有许多文人和香客前来观看。某一年春天，一位名叫徐凝的读书人从富春（今浙江富阳）来到省城杭州，希望能得到刺史大人的推荐，为到长安考进士做个准备。可是他却不认识白居易，无缘前去拜访。一天，他去开元寺观赏牡丹，听说刺史白大人也将要来参观，他心有所动，就在寺院的墙上题了下面这首七律：

开元寺牡丹

徐　凝

此花南地知难种，惭愧僧闲用意栽。
海燕解怜频睥睨，胡蜂未识更徘徊。

虚生芍药徒劳妒,羞杀玫瑰不敢开。
唯有数苞红萼在,含芳只待舍人来。

不久,白居易果然到开元寺来看牡丹花,看到了徐凝的这首诗,很赏识他的文才,就邀他到自己府上做客。几乎和徐凝同时,诗人张祜也乘船来到杭州,他此行的目的和徐凝完全相同,也是争取得到杭州地方上的推荐。他来开元寺观花后,也学徐凝在院墙上题诗一首:

杭州开元寺牡丹

张　祜

浓艳初开小药栏,人人惆怅出长安。
风流却是钱塘寺,不踏红尘见牡丹。

白居易后来自然也看见了这首诗,他对张祜的才情也非常赞赏,再后来他主持江东文士考试时,就让徐凝高中头名,张祜屈居第二。

飞流不与洗恶诗

望庐山瀑布

李 白

日照香炉生紫烟,遥看瀑布挂前川。
飞流直下三千尺,疑是银河落九天。

李白的《望庐山瀑布》一诗,以九天上垂落的银河为喻,传神地表现了庐山瀑布非凡的气势。除此外,诗中还有三个字也可谓是神来之笔。一个"生"字,不仅把香炉峰写活了,而且是以动写静。一个"挂"字,形象地再现了瀑布"遥看"中的样子,寓静于动,想象新奇,谁能将这巨帘"挂"起来呢?"落"字也非常绝妙,写出了巨流直下的磅礴之势,为动态,和前两句的静态虚实相生。此诗真可谓鬼斧神工,让人叹为观止,从此谁到庐山还敢班门弄斧——"眼前有景道不得,崔颢题诗在上头。"然而,有人却不像大诗人李白这样有自知之明,他就是中唐诗人徐凝,他在游庐山时也写了一首咏庐山瀑布的诗:

——明刊本《唐诗画谱》

庐山瀑布

徐 凝

虚空落泉千仞直,雷奔入江不暂息。
千古长如白练飞,一条界破青山色。

吟罢,他自我感觉良好,以为自己的这首诗完全可以出诗仙之右,并经常向朋友炫耀。当时的人对此有何评价,现在已无从知道,但应当说这首诗写得还不错,尤其是最后一句也颇有新意,景象也很壮观。不过,要和李白的那首诗相比,徐诗则给人以直白、小气之感。难怪几百年后,唐宋八大家之一的苏轼在评论徐凝的诗中写道:

戏徐凝瀑布诗

苏 轼

帝遣银河一派垂,古来唯有谪仙词。
飞流溅沫知多少,不与徐凝洗恶诗。

由此看来,人最好还是要有点自知之明,不然就要像徐凝一样贻笑大方了。

甘泉宫夜看图形

在晚唐诗人李商隐那首著名的《汉宫》诗中，后两句"王母西归方朔去，更须重见李夫人"，是因汉武帝和李夫人的那段爱情故事有感而发的。

据说，李夫人有个哥哥叫李延年，是汉武帝的宫廷乐师。由于他既会作曲又会演唱，而且技艺超群，很受汉武帝的恩宠。一次，他给汉武帝演唱了这样一首歌曲："北方有佳人，绝世而独立。一顾倾人城，再顾倾人国。宁不知倾城与倾国，佳人难再得。"

汉武帝听完这首歌，感叹不已地问："难道世上真有这样的美女吗？"

李延年说："有。"

"在哪里？是谁家的女儿？"汉武帝追着问。

李延年笑着说："容臣慢慢地为陛下寻找。"

后来，汉武帝得知李延年歌中唱的美人就是李延年的妹妹，便将她召进宫内，发现她长得的确很美，而且能歌善舞。从此，汉武帝将对后宫三千的宠爱加于她一人身上。她就是

李商隐诗中提到的李夫人。

李夫人进宫后一年，为汉武帝生了一个儿子，不久，就不幸患上了重病。

一天，汉武帝前来看望她，她却蒙起头，不见汉武帝。

汉武帝不解地问："爱卿，为什么不让朕看你呀？"

李夫人哭泣着说："妾重病在身，样子丑陋，不敢见皇上。只求皇上在我死后能善待我的儿子和哥哥。"

汉武帝忙说："朕答应你就是，让朕再看你一眼吧！"

李夫人仍是不让。

汉武帝心急如焚地说："爱卿，就让朕再看你一眼吧。"

李夫人谢过皇恩后，仍不答应汉武帝的要求。后来，有人问李夫人为什么不让皇上见最后一面。李夫人说："我之所以能进宫受到皇上的恩宠，是因为我长得漂亮。我的美貌已在皇上心中留下了深刻的印象，现在我病得这样难看，皇上见了定会将我过去的美貌全部忘掉。我是想让他记住我的美丽，永远想念我，日后也会因此好好照顾我的儿子和哥哥。"

不久，李夫人病逝。果真如她所说，汉武帝非常思念她，命人画了李夫人的画像挂在甘泉宫中，赐封她哥哥李延年为协律都尉，封她另一个哥哥李广利为贰师将军。

对此，中唐诗人张祜写了一首七绝，记述汉武帝在甘泉宫夜看李夫人画像的痴情。诗曰：

李夫人词

张　祜

延年不语望三星，莫说夫人上涕零。
争奈世间惆怅在，甘泉宫夜看图形。

由于武帝日夜怀念李夫人，相思至极，便让方士少翁从阴间招回李夫人。少翁装神弄鬼，大摆道台。也不知少翁搞的是什么鬼名堂，武帝在幽暗的烛光中仿佛真的看见了李夫人，于是悲痛地写下这样几句诗：

是邪非邪，立而望之，翩何姗之其来迟？

后来，武帝将这几句诗谱曲演唱，以寄托对李夫人的哀思。

君若来时近夜来

唐代有个读书人名叫杜羔,娶妻赵氏。杜羔连年进京赶考,不幸次次都名落孙山。杜羔素自负,每次落榜后都牢骚满腹,为自己找各种借口开脱。最后一次,落榜的消息又传到家中,在家贫寒度日一直盼着丈夫考个一官半职的赵氏深感失望,气也不打一处来,提笔为丈夫写了下面这首诗:

夫下第

赵 氏

良人的的有奇才,何事年年被放回。

如今妾面羞君面,君若来时近夜来。

此诗写得通俗易懂,大意是讽刺丈夫既然你才华出众,为何年年都考不上呢?如今我都不好意思见你了,怕你见了我后要害羞。你如果想回来,就在晚上人家看不见你时回来吧。

写完,她将此诗让人捎至长安。杜羔读后,惭愧万分,因此更加发奋读书，下一次终于考中了进士。消息传到家中，四邻皆来贺喜，赵氏在高兴之余，不由得又生出另一种担心来，她在诗中写道：

闻夫杜羔登第
赵　氏
长安此去无多地，郁郁葱葱佳气浮。
良人得意正年少，今夜醉眠何处楼？

　　至于春风得意的杜羔"今夜醉眠何处"，现在无从可知，但有一点儿是可以肯定的，杜羔能够金榜题名，赵氏的第一首诗功不可没。

井栏砂宿遇夜客

一年春天,晚唐洛阳才子李涉外出游玩。一日晚,船至皖口(今安徽安庆),李涉见暮色苍茫,天空又飘着毛毛细雨,便让船家将船泊在岸边,打算到岸上一个名叫井栏砂的小村投宿。

船刚一泊稳,从岸边的小树林里突然蹿出十几位蒙面大汉,将船团团围住。为首的一位手执明晃晃的钢刀跳上船来,高声断喝:"船上都是些什么人?快回话。"

船中无语。

绿林好汉们有些不耐烦了,大喊:"快回话,不然我们就烧船了。"

李涉的仆人战战兢兢地说:"船上是太学博士李涉。"

强盗头子将刀回鞘,若有所思地说:"噢,原来是李涉博士。他是个穷读书人,我们不抢他的东西。不过,听说他诗文俱佳,今晚请李博士赏脸,为我等弟兄赋诗一首,也不枉我们此行啦。"

李涉这时从船舱里走出来,他看着眼前一个个蒙面大汉,心想他们一定是一群杀富济贫的绿林好汉,于是就从容地走下船,冲他们一抱拳说:"今夜同各位好汉萍水相逢,三生有幸。听口气,诸位定是那杀富济贫的好汉,迫于生计才干此营生。好,我就献丑了!"

好汉们齐说:"李博士不必客气,请快快作诗。"

李涉思索片刻,触景生情,脱口吟出了《井栏砂宿夜遇客》一诗:

暮雨潇潇江上村,绿林豪客夜知闻。
他时不用逃名姓,世上如今半是君。

李涉这首诗,可谓有感而发,它感慨竟连强盗中亦有好诗的君子。诗人此次有惊无险的遭遇,虽属偶然,但后人却可从中看出:在唐代,人们是多么喜爱诗歌啊!

侯门一入深如海

唐代有个叫崔郊的秀才，家庭非常穷苦，父母双亡，他只好寄住在姑母家里。姑母家有个婢女翠莲，不仅人长得端庄秀丽，而且精通音乐，琴弹得特别好。崔郊眉清目秀，读书刻苦，诗文写得漂亮，翠莲暗暗地爱上了他。崔郊也非常喜欢姑娘的美貌和聪慧。

一天晚上，两个人偷偷地月下幽会，并立下了嫁娶的誓言。崔郊的姑母发现侄儿爱恋婢女翠莲，她怕婢女误了侄儿的远大前程，不同意这门婚事，不久将翠莲卖给了当地掌握军政大权的节度使于頔为婢。翠莲不答应，哭得死去活来。崔郊也大病不起。

几天后，翠莲被于府接走。崔郊日夜思念，整日在于府附近徘徊。

寒食节那天，翠莲找机会跑了出来，在柳树下见到崔郊，扑到他怀里大哭起来。分别时崔郊赠给她一首七绝诗。诗曰：

赠去婢

崔 郊

公子王孙逐后尘，绿珠垂泪滴罗巾。
侯门一入深如海，从此萧郎是路人。

　　崔郊的这首诗很快流传开来，被溜须拍马者抄了送到于頔手中。于頔读后，二话没说，就下令召见崔郊。好心人不知道这是福还是祸，都替崔郊担心。崔郊提心吊胆地来到了于府。于頔见到崔郊后，不动声色地问："'侯门一入深似海，从此萧郎是路人'是你写的？"

　　崔郊点了点头，怯怯地说："正是。"

　　于頔脸上露出了一丝笑意，说："写得不错嘛，可我这大门恐怕还没那么深。早给我写封信，将事情说明白，问题不早就解决啦！"说完，他命人找来婢女，让她与崔郊同归。据说，待他们结婚时，于頔还送了一笔数目不小的陪嫁费呢。

画眉深浅入时无

朱庆馀生于公元797年，卒年不详，越州（今浙江绍兴）人。宝历二年（826年），他到京城长安参加考试，并按当时的惯例带去了上百篇自己写的诗文，进行"行卷"。当时，读书人应试前，将诗文送呈朝中显贵，请他们指教，意欲让他们向主考大人举荐，此举称为"行卷"。朱庆馀将行卷送给了著名诗人，官任水部员外郎的张籍。

考试的日期即将临近，朱庆馀心里很没底，他想找张籍打听一下主考大人是否欣赏自己的诗，有没有考中的希望，但又不好意思贸然地当面提出来。反复思考后，他决定用一种含蓄委婉的方式来做这件事，于是，他提笔写了下面这样一首诗：

闺意献张水部

朱庆馀

洞房昨夜停红烛，待晓堂前拜舅姑。
妆罢低声问夫婿：画眉深浅入时无？

朱庆馀写好后，小心翼翼地卷上诗稿，亲自送进了张府。

张籍将仆人送上的诗打开，先是一愣，不知道朱庆馀为什么将这种诗送给他。他仔细地读过之后，细细琢磨"画眉深浅入时无"一句，不禁恍然大悟：这不是在问我对他的诗文的评价吗？原来这位年轻人是来打听消息的，真也难为他了！张籍不由得拍手称妙。

张籍很高兴，便也写了一首比兴诗来回答他：

酬朱庆馀
张　籍

越女新妆出镜心，自知明艳更沉吟。
齐纨未是人间贵，一曲菱歌敌万金。

诗中赞扬了朱庆馀诗风清丽新奇，如越女菱歌，卓然于世人之上。朱庆馀看后，自是喜之不尽。果然，他的诗文在张籍不遗余力的宣传和推荐下，在朝廷一鸣惊人，这一年他高中了进士。

镜鸾分后属何人

今天，人们还常使用"破镜重圆"这个成语，它源于隋朝年间一对夫妇的一段悲欢离合的爱情故事。

隋统一中国之前，江南为陈国领地。陈朝皇帝陈后主是位多才多艺的艺术家，但却不善于治理国家，国势因之衰弱。陈国太子舍人徐德言是个很有政治远见的人，他知道隋兵早晚都要南下，陈国已危在旦夕，且灭亡已成定局。

一天，他流着泪对妻子乐昌公主说："国君沉迷声色，陈国不日就要灭亡了。以你的才貌，亡国后必定被掠到隋的豪门贵族之家。如果老天可怜我们，能够让我们再见上一面，我们就应先准备个凭证。"于是，他将一面铜镜破成两半，夫妇各藏一半，约定二人失去联系后，于每年正月十五到京城的集市上去卖那半片铜镜，以互相寻找。

对此情此镜，唐末诗人王涣在他的诗中形象地写道：

《怅惘诗》（其四）

王 涣

隋师战舰欲亡陈，国破应难保此身。

诀别徐郎泪如雨，镜鸾分后属何人。

公元589年，隋果然灭陈。乐昌公主被掳走后，流落到隋朝宰相越国公杨素的府中。

第二年正月十五，与妻子失散多日、侥幸未亡的徐德言按照当时的约定，到集市上探访。他东寻西找，也没见到有卖半个镜子的人。在他将要失望之际，忽见一群人团团围在一起，在观看一件东西。他挤进去一看，见是一老者在卖半片铜镜，索价贵得出奇，许多人都摇头说不值，也有人几乎不敢相信自己的眼睛，横过来竖过去地反复研究，非要找出它为何如此昂贵的理由来。

徐德言将镜子抢过来一看，不由得悲喜交加，那正是妻子的信物。于是，他忙对老人说他买下了，然后分开众人，将老人领到自己下榻的客栈，取出自己的信物，二者正好合成一面完整的镜子。

老人因此知他就是徐德言，便将乐昌公主的现状告诉了他。徐德言听后，自知与妻子重新团圆无望，就在他保存的那半片镜后题了一首五言绝句，让老者转交给公主。诗曰：

题半镜

徐德言

镜与人俱去，镜归人未归。

无复姮娥影，空余明月辉。

再说乐昌公主见镜和诗后,抚镜痛哭一场,然后三天三夜水米不进。杨府家人慌忙报告杨素。杨素问公主因何绝食,她以实相告。杨素也深受感动,设宴召见她的前夫徐德言。乐昌公主在席上赋诗曰:

越公前赋
乐昌公主
今日何迁次,新官对旧官。
笑啼俱不敢,方验作人难。

杨素听后,很理解她的难处,就让她随前夫一同走了,他们夫妻有幸破镜重圆。

此事过去二百多年后,诗人李商隐仍深深地理解和同情乐昌公主当时的艰难处境,他在《代越公房妓嘲徐公主》一诗中写道:

笑啼都不敢,几欲是吞声。
遽遣离琴怨,都由半镜明。
应防啼与笑,微露浅深情。

即将春色入关来

晚唐著名诗人杜牧出身贵族名门，祖先都曾做过官。因为他才华出众，所以在当时的京城长安也很有影响。唐文宗大和二年（828年），杜牧准备在洛阳参加进士考试，太学博士吴武陵准备推荐他为状元。

这天，吴武陵专程来拜访主考官礼部侍郎崔郾。两人寒暄后，吴武陵说："我听说前不久应试的学生争着浏览一篇题为《阿房宫赋》的奇文，侍郎太忙，没有来得及看吧？"

崔郾拿过杜牧的《阿房宫赋》细看了一遍，也非常赞赏，便问："此文的作者是谁？"

吴武陵回答："是杜牧，一个非常有才华的后生，请侍郎考虑在这次考试时录取他为状元，如何？"

崔郾说："状元已经有人选了。"

吴武陵说："那就取他为进士吧。"

后来，崔郾向诸位同僚推荐杜牧。有人不同意，说："杜公子诗文写得确实很好，但此人行为放荡，录取他怕会有人议论。"

——明刊本《唐诗画谱》

崔郾不高兴地说:"此事我已经答应下来,无论如何这次也要录取他。"

果然,金榜放榜时,在录取的三十三名进士中,杜牧排在第五名。

杜牧当时也许不知道这段小插曲,考中后他兴奋异常,挥笔给长安城中的朋友写了下面这首报喜诗:

及第后寄长安故人

杜 牧

东都放榜未花开,三十三人走马回。

秦地少年多酿酒,即将春色入关来。

诗的大意是说,东都洛阳放榜时花还没有开放,我们一同被录取的三十三名进士兴高采烈地骑着马回来。长安的少年朋友们多酿酒,准备庆贺吧,我们就要和美丽的春色一同入关来。

忽发狂言惊满座

杜牧通过了吏部考试后,不久就被派到东都洛阳去任职。在他上任后不久的某一天,洛阳城中的名人李司徒请各界名士到府上宴饮,并请来洛阳城内许多知名的歌女前来助兴。由于杜牧是朝廷刚派来的监察官员,李司徒又不了解这位杜大人的脾气,不敢贸然请他来参加宴会。一向风流不羁的杜牧知道了这件事后很不高兴,于是派人到李府通报,说杜牧欲来赴宴。李司徒知道自己办错了事,只好派人请杜牧来赴宴。

杜牧醉醺醺地来到李府时,酒宴已经开始,高朋满座,两边还侍立着身着丽服的歌女。杜牧被请至贵宾席上,寒暄已毕,他和别人再无话可说,便斜坐着一个个地打量起歌女来。

李司徒见他对两旁的歌女很感兴趣,就凑过来讨好说:"杜大人,这些歌女虽然个个漂亮、技艺高超,但她们都是鲜花下的绿叶,还有一位叫紫云的姑娘,那才是百花之王呢。"

杜牧忙放下酒杯,两眼放光地急着问:"那位叫紫云的姑娘在哪里?请快快出来!"

李司徒指给他看。这时,一位身着白色轻纱的美貌少女,像天宫仙女般飘然而至,近前给他道了个万福。

杜牧看直了眼,他大声喊道:"果真名不虚传,应该把她送给我。"

这句话说得粗俗无礼,若不是亲耳听到,人们真不敢相信它竟出自一个年少倜傥、文质彬彬、才华出众的监察御史之口,而且声音又这样大,惹得主人和宾客们都纵声大笑,连周围的歌女和侍女也都偷偷笑起来。杜牧这才觉得自己酒后失态,站起身喝了一杯酒,然后高声吟诵了下面这首七绝诗自嘲:

兵部尚书席上作
杜　牧

华堂今日绮宴开,谁唤分司御史来。
忽发狂言惊满座,两行红粉一时回。

十年一觉扬州梦

　　唐文宗大和七年（833年），杜牧在扬州淮南节度使牛僧孺府中任职。牛僧孺很欣赏杜牧的才能，让他掌管府中的文书公务，但对他个人生活上的事却一直放心不下。

　　扬州城是个繁华的城市，杜牧白天忙完公务，晚上便一个人去逛青楼妓院。牛僧孺知道此事后几次想劝说，又不好意思开口，为了他的安全着想，牛僧孺便密派了三名兵士，穿上便服暗中保护他，但是杜牧却并不知此事。

　　大和九年（835年），杜牧被提拔到京都长安任监察御史，牛僧孺大摆宴席为他饯行。酒后，牛僧孺不放心地提醒他说："你前途无量，应收敛一下自己的行为了，以后少寻花问柳，好好保重自己的身体吧！"

　　杜牧脸上有些挂不住，不乐意地说："下官一向非常检点，不是你所想象的那种人。"

　　牛僧孺微微一笑，让仆人拿出一个小盒子交给了杜牧。杜牧打开一看，里面装的都是一些小纸条，仔细一瞧，上面几乎都是同样的一句话：

"某夜，杜书记宴某家，平安。"

"杜书记某夜过某家，平安。"

杜牧这才明白，牛僧孺大人早就了解他的一切行踪，而且一直在暗暗地保护着他。他感动得流下了眼泪。

再说杜牧到长安上任后，公事之余偶然想起扬州那段花天酒地噩梦般的生活，深感惭愧，提笔写下了这样一首诗：

遣 怀
杜　牧

落魄江湖载酒行，楚腰纤细掌中轻。

十年一觉扬州梦，赢得青楼薄幸名。

从此后，杜牧检点自己的行为，在长安的日子里，他很少到青楼去与歌女们鬼混啦。

祖上恶名累儿孙

在我国封建社会，流行着一套毫无任何道理可言的封建血统论，所谓"龙生龙，凤生凤，老鼠的儿子会打洞"就是其中的一句口头禅。这门第观念当然害了不少人，晚唐诗人温宪就是其中的一位。

温宪是诗人兼词人温庭筠的儿子。温庭筠在当时和李商隐齐名，二人并称"温李"。可是温庭筠恃才傲物，生活放荡不羁，不仅因此得罪了某些权贵，而且也让许多正人君子感到不齿。温庭筠曾在考场中代人答卷作弊，并索取高额回报，因此更让人瞧他不起。这些不仅使他终生没能考取进士，而且还贻误了子孙。据说，他儿子温宪在唐僖宗年间参加进士考试时，主考官郑延昌由于素来厌恶老温，才华横溢的温宪终因受其父连累而落第。此时，温宪已年近半百，非常伤心，于是在长安的崇庆寺题了一首哀怨凄苦的七绝以抒愤：

题崇庆寺璧

温 宪

十口沟隍待一身,半年千里绝音尘。
鬓毛如雪心如死,犹作长安下第人。

诗中,温宪极道自己告别亲人,千里上京考试之不易,想到一大家人对自己的期待和依赖,而自己却偏偏不争气,鬓毛如雪了仍是长安的落第人,真是心哀至死!

许是天意,一次郑延昌到崇庆寺上香时,竟看到了这首诗。此时,他已官至宰相,读完诗后心里颇受震动,对自己有失公允的做法感到有些不安。他回到相府后,将来年的主考官赵崇请来说:"今年我主考时,因温宪是温庭筠的儿子而不予录取。今天我读到了温宪的一首七绝,大为感动,希望你明年能留意他一下。"于是,也就在下一年,即唐昭宗龙纪元年(886年),温宪终于考中了进士,当时他已五十岁了。

到处逢人说项斯

　　唐代诗人项斯,年轻时隐居在福建的朝阳峰,茅舍竹篱,过着与世隔绝的山野生活。他平日里爱读书吟诗,并写下了很多描写山野风光的诗。

　　项斯的诗清新脱俗,生活气息浓郁,自然天成,具有很高的艺术水平。好多朋友读了他的诗,都认为他该去京城应考,入世做官,干一番事业。

　　但是深受老庄思想影响的他不愿为官,更无意于功名利禄。这样,他在朝阳峰一住就是三十年,过着悠闲自得的日子。直到唐武宗会昌三年(843年),他已五十多岁时,才在诗友们的多方鼓动下,决定到长安去应试。

　　可惜,那年他没有考中。他并没有为此灰心,他很自信,认为自己的诗并不比人差,原因只是他在长安的官场和诗坛上没有名声,人们对他还很陌生。如果想考中,他必须入乡随俗,在长安的文化名流中广为行卷。

　　某一天,时任国子监祭酒的一位名叫杨敬之的诗人,收到项斯投献的行卷,读到其中的一首诗:

山 行
项 斯

青枥林深亦有人，一渠流水数家分。
山当日午回峰影，草带泥痕过鹿群。
蒸茗气从茅舍出，缲丝声隔竹篱闻。
行逢卖药归来客，不惜相随入岛云。

反复吟读，他觉满目清新，高致淡远，回味无穷。他便禁不住称赞起来。

杨敬之立即将项斯请到自己府上相见。两个人谈论诗文，促膝谈心，彼此皆有相见恨晚之感。一席长谈后，杨敬之觉得这位隐士不但诗写得好，人品更是纯洁无瑕，令人钦佩。

项斯走后，他仍喜之不尽，铺纸拈毫写下了下面这首诗：

赠项斯
杨敬之

几度见诗诗总好，及观标格过于诗。
平生不解藏人善，到处逢人说项斯。

由于杨敬之德高望重，此诗很快在长安流传开来，很多朝廷命官和名人因此认识了这位诗好人更好的士子。

唐武宗会昌四年（844年），项斯第二次参加进士考试就高中了。而杨敬之这首诗，此后更是广为流传。其中，"逢人说项斯"竟成了一个家喻户晓的典故，其意思是到处热心地替人说情或举荐。

同来玩月人何处

晚唐诗人赵嘏,以《长安晚秋》一诗中的佳句"长笛一声人倚楼"而闻名天下,被人们称为"赵倚楼"。他做官前,家住在润州(今江苏镇江),家中还有一位长得貌若天仙、多才多艺的小妾,赵嘏很喜欢她。

唐武宗会昌三年(843年),赵嘏要到京城长安应试,原打算带她一同去。不想老母亲却激烈反对,怕儿子带上她分心,影响了备考。赵嘏无奈,只好将爱妾留在家中,谁知却惹出了一场意外的麻烦。

这年的七月十五,镇江黄鹤山上的鹤林寺举行盂兰会,前去游玩观光的人很多,赵嘏的爱妾也去了。会上,她由于姿色出众,被当时镇守润州的浙西节度使看中,强抢到府上。消息半年多后传到了京城,此时赵嘏刚刚考中进士,他听到此事后,就给那位节度使写了一首诗,对其婉转地进行了警告。诗曰:

同来玩月人何处

——明刊本《唐诗画谱》

座上献元公

赵 嘏

寂寞堂前日又曛,阳台去作不归云。
当时闻说沙吒利,今日青娥属使君。

诗中第三句用典,出自此前沙吒利强抢韩翃的爱姬柳氏一事。赵嘏借此事的结局来晓以利害,威胁那位节度使。

再说浙西节度使接到赵嘏的这首诗后,心中有些害怕,自知惹火烧身:一则怕赵进士和他的同年们联名向皇帝告御状,二则觉得后生可畏,前途无量,一旦赵嘏将来官做大了,对自己很不利。思前想后,他决定派人将赵嘏的爱妾送至长安,归还原主。

至潼关时,爱妾等一行人正好遇到了欲东归省亲的赵嘏。二人相见,悲喜交加,妾抱着夫君号啕大哭。许是由于她身体太弱,又过分激动,不幸当场死亡。赵嘏不胜悲痛,将爱妾埋葬于横水北岸,含泪返回故乡。

一个月色皎洁的晚上,赵嘏久久不能入睡,爱妾往日的音容笑貌一一浮现在眼前。他披衣下床,信步走到长江边上,登楼眺望,不禁悲从中来,吟出了下面这首七绝:

江楼感旧

赵 嘏

独上高楼思渺然,月光如水水如天。

同来玩月人何处？风景依稀似去年。

诗人月下思故人，眼前却物是人非，怎能不让人悲从中来，感慨万千！

莫向花前泣酒杯

唐武宗会昌五年（845年），谏议大夫陈商主持贡举，共录取了进士三十七人，其中张濆为第一名，即状元。诗人赵嘏，已在前一年考中进士，这次他特地写了一首七绝，祝贺张濆荣膺榜首。诗曰：

喜张濆及第

赵　嘏

九转丹成最上仙，青天暖日踏云轩。
春风贺喜无言语，排比花枝满杏园。

此诗的大意是，你苦炼九转金丹（譬喻苦读）终于成功，当上了美比神仙的状元，在温暖的阳光照耀下，你坐着云车在高高的天空中遨游。春风不是用世俗的语言为您贺喜，而是在杏园（新进士举行庆祝宴会之处）里开满了笑脸迎人的鲜花。

可是正当这些新进士和他们的亲朋好友都沉浸在欢乐中

时，却发生了一件意想不到的事情——当时朝廷中有人上奏皇上，说这次考试不公，有托关系走后门的行为。本来在唐代，考进士前"行卷"是当时的社会风气，并不稀奇，可这次皇上却下令重考，令户部侍郎、翰林学士白敏中主持。重考结果，包括状元张濆在内的七个人落第了。

这件事对于刚刚还春风得意的张濆打击太大了，无异于春日的幼苗遭了霜雪严打一样。朋友们也很同情他，替他难过，可也没有什么办法。赵嘏这时只好又作了一首七绝来安慰这位曾是状元，可如今落第的好友：

赠张濆榜头被驳落

赵 嘏

莫向花前泣酒杯，谪仙依旧是仙才。
犹堪与世为祥瑞，曾到蓬山顶上来。

应当说，此诗写得情真意挚，将失意的好朋友比成谪仙李白，也够抬举他的了。可对于那位命运恍惚若梦、元气大伤的朋友来说，这也显得软弱无力，伤心人能不"向花前泣酒杯"吗？

远看方知出处高

唐宣宗李忱（810年~859年）没登上帝位前，曾经出家当过和尚。

有一天，他上庐山闲游，半途中遇到一位老禅师——高僧香严闲，两人便结伴登山闲览。

香严闲禅师早就听说这位同伴来历非凡，知他是宪宗皇帝的第十三子，当今武宗皇帝的叔父，只因为唐武宗妒忌他的才能，才放弃荣华富贵，隐姓埋名，避世出家，过着晨钟暮鼓的生活。

两人边走边谈，不觉来到著名的庐山瀑布前。香严闲禅师说："先贤李白游庐山时，曾有'飞流直下三千尺，疑是银河落九天'之句，真乃壮美奇丽，想象诡奇！"

李忱接口说："是啊，今人面对这瀑布，很难再咏出此等佳句了。"

香严闲禅师想趁机试探一下李忱，看他是打算闲云野鹤悠然世外，还是身在山中心藏大志。他便对李忱说："我也曾咏庐山瀑布，可惜只有一联两句，下联就接不上了。"

李忱说:"大师可吟来听听,贫僧试着续吟一二,如何?"

老禅师便朗声道:

千岩万壑不辞劳,
远看方知出处高。

李忱觉得这上联描述瀑布合情合景,亦不乏哲理,但其中似乎更有言外之意,"出处高"难道不是暗指我吗?他想了一想,就把下联续上了:

溪涧岂能留得住,
终归大海作波涛。

这两句很有力,既实写瀑布,亦可用来比喻个人大志,气势磅礴,壮志凌云。香严闲禅师听了哈哈大笑,连连说:"续得好!续得好!倘若把瀑布比作蛟龙,真可谓蛟龙归海,掀波作涛啊!"

后来,李忱终于接替唐武宗当了皇帝,是为唐宣宗。

报与桃花一处开

黄巢是唐末农民起义军的领袖。唐懿宗咸通十四年（873年），河南、河北、山东和淮北一带遭受严重旱灾，很多百姓死于饥荒。黄巢于公元875年夏，率领农民几千人起义，后队伍壮大到六十万人，一度攻占了京城长安，建立大齐政权，后来因起义失败自杀身亡。

据说，黄巢在很小的时候就是个非常聪明伶俐的孩子。一年秋天，黄巢家的庭院里菊花盛开，爷爷在院中设宴赏菊饮酒。老人乘酒兴让子孙们联句咏菊。一个个排下来，到了爷爷这里，他突然停了下来。那时黄巢还很年幼，竟站起来说："我来替爷爷接下联吧——堪与百花为总首，自然天赐赭黄衣。"

黄巢的父亲听后，赶忙去堵儿子的嘴，骂道："小子再胡说八道，小心杀头！"

黄巢不服地说："我只不过是把菊花说成为百花的头领，因为老天赐给它穿赭黄色的衣服，有什么不对？"

俗话说，童言无忌。黄巢小小年纪，哪里知道忌讳？可在封建社会,赭黄色只有皇帝才能穿,黄巢这口无遮拦的话要是传出去,定会惹下杀身灭门之祸。

爷爷忙打圆场说:"孩子说话不知深浅,还是罚他再作首诗吧,就以眼前的菊花起句。"

惊魂甫定的一家人忙说好。

黄巢站起来,吟出四句诗,此为他的第一首《题菊花》:

飒飒西风满院栽,蕊寒香冷蝶难来。
他年我若为青帝,报与桃花一处开。

诗刚吟完,仅"他年我若为青帝"一句,就吓得在座的人个个面无人色。许久,黄巢的父亲才缓过神来,过去就给了他两个大耳光,推推搡搡地将他带到屋中。

奇怪啊!黄巢难道果真是生下来就有反骨的人吗?

冲天香阵透长安

唐朝末年，经过朋党之争、藩镇割据和宦官专权等祸害的大唐王朝政治日益腐败，劳动人民生活困苦不堪，许多人挣扎在死亡线上。乾符元年（875年）年底，私盐贩王仙芝率众数千人在长垣（今河南长垣）起义，同年六月攻下濮州和曹州。黄巢率众在冤句（今山东曹县）起义响应，共同反抗唐朝的黑暗统治。

黄巢起义后，自称"冲天大将军"，带领义军流动作战，向南一直打到广州，以后又北上，向唐朝都城长安进军。黄巢的北征大军渡过长江，到达安徽北部和徐州一带，队伍扩大到六十万人。一路上，官兵望风披靡，起义军势如破竹。唐朝大将高骈吓得装病，不敢应战。义军很快便攻下了中州军事重镇洛阳，长安城内的唐朝官员一片惊慌，皇帝随时准备逃亡。黄巢西望长安，豪情满怀地咏出了下面这首诗：

菊 花
黄 巢

待到秋来九月八，我花开后百花杀。
冲天香阵透长安，满城尽带黄金甲。

诗中，用菊花开放之时其他花纷纷败落，来比喻起义军所到之处，唐朝文官武将纷纷逃窜。"冲天香阵透长安，满城尽带黄金甲"，是想象起义大军攻下长安后的盛况，满城都是"黄王"的部队。因为黄巢是"冲天大将军"，所以他用"冲天香阵"来比喻他的大军。

广明元年（880年）年底，黄巢率几十万大军打进长安城，唐僖宗逃往四川，深受统治阶级剥削和压迫的长安百姓夹道欢迎义军进城。黄巢在诗中展现的壮丽场景，果然变成了现实。

中华元素丛书

一笑君王便着绯

在唐代众多才高而屡试不第的举子中，晚唐著名诗人罗隐便是其中比较有代表性的一位。他从二十八岁起参加进士考试，一直考到五十五岁，前前后后考了十几次，始终是名落孙山。这对他心灵的摧残和打击是可想而知的。

公元880年，晚唐已如风中残烛。是年，黄巢率领起义军攻占了长安，唐僖宗君臣仓皇逃往成都。在皇家的逃亡大军中，随行的有一位耍猴艺人，他训练猴子的本领非常高明，能让猴子像文武大臣一样列班朝见，向皇帝行礼。这玩意儿自然好玩，竟逗得本应慌如丧家之犬的唐僖宗还能笑口常开。唐僖宗兴高采烈之时，下令赐给那艺人朱绂（红色的官服，唐代四品官和五品官才能享用），并赐号为"孙供奉"。"孙"在这里不是艺人的姓，而是"猢狲"的"狲"字的谐音，意即以驯猴供奉御用的官。于是那个艺人因这薄技而做了高官。这事今天看起来有些荒唐，不过发生在那十二岁登基、一生专事游戏、糊涂无比的唐僖宗身上也在情理之中。但此事传到罗隐的耳中后，他不由得联想到自己一生求取功名的不幸遭遇，心中感慨万千，遂写下了下面这首牢骚满腹的七绝：

感弄猴人赐朱绂

罗　隐

十二三年就试期，五湖烟月奈相违。
如何学取孙供奉，一笑君王便着绯。

诗的前两句感慨自己十年寒窗苦读，以致没有时间游山玩水、欣赏云月烟霞，把大自然最美好的恩赐都违背了。后两句感慨自己饱读诗书竟不如一耍猴的，讥讽皇帝只要取乐的弄人而不要人才。此诗可谓嬉笑怒骂，长歌当哭。

数枝一枝一字师

　　唐朝末年有个乡下的孩子齐已，家里十分贫寒。他经常在长沙的大沩寺附近放牛。他学习非常刻苦，常常一个人一边放牛一边坐在草地上看书。他虚心好学，常向寺里的和尚们请教。几年后，他就能吟诗作赋了。寺院里的方丈很喜欢他，将他收进大沩寺里做了和尚。

　　齐已入寺后，学习更加用功，背经书，写诗文，而且写得越来越好。

　　一年冬天清晨，山野雪霁，晴日高照，雪后的世界分外妖娆。齐已便情不自禁地朝寺外走去。走着走着，前边不远处，白皑皑的雪中，一枝报春的腊梅花悄然绽放，散发着淡淡的幽香。梅树上，一只灰喜鹊在叽叽喳喳地唱歌。齐已驻足观赏了许久。

　　回寺院后，他总是忘不掉那素净典雅的梅花和那片美景，于是便提笔写下了下面的这首诗：

——明刊本《唐诗画谱》

早 梅

齐 己

万木冻欲折,孤根暖独回。
前村深雪里,昨夜一(数)枝开。
风递幽香出,禽窥素艳来。
明年如应律,先发望春台。

写完后,他反复吟诵,非常满意。

一次偶然的机会,齐已见到了大诗人郑谷,并向他求教。郑谷接过诗看了一遍,赞不绝口,但说"昨夜数枝开"一句不够好。

郑谷说:"清早雪地上,数枝梅花争芳斗艳,确是奇景。但在百花之中,唯有梅花开于众花之前,而且是开在冰天雪地里。既然是早梅,那么'数枝'便不能算早了,应该是'一枝'梅花吧!这样,不就更能突出梅花早开的特点了吗?"

齐已豁然开朗,高兴地紧握郑谷的手说:"对呀!我怎么就没有更深刻地领会到这一点呢?多谢先生指教,'数枝'理应改为'一枝'呀!"

于是,齐已当场就把《早梅》诗中的"昨夜数枝开"改为"昨夜一枝开"。他高兴地说:"郑先生,您真是我的一字之师呀!"

方知红叶是良媒

唐僖宗时,有个读书人于佑,某一天他在皇宫周围散步。正值深秋,草木凋零,仕途未果的诗人于佑触景伤怀,倍感京城深秋的凄清。他到御沟边洗手,偶见从水面上漂来一片很大的红叶,叶上仿佛还有字迹。他出于好奇,便上前将它捞了出来,拿过一看,见上面密密麻麻写着下面这样一首诗:

  流水何太急,深宫尽日闲。
  殷勤谢红叶,好去到人间。

于佑从诗意上看得出,这一定是位才华出众的宫女,她听说过诗题红叶成良缘的旧事,自己也来效仿,希望这红叶能被有情人收到。多情的于佑不禁相思起来,他找了一片更大的红叶,在上边题了二句诗:

  曾闻叶上题红怨,叶上题诗寄阿谁?

然后,他至上流,将红叶放进流入皇宫的水沟中。

回去后,他对朋友说了这件事。朋友听了后觉得非常可笑,但也有好事者称赞道:

君恩不禁东流水,流出宫情是此沟。

后来,于佑屡次考进士都未中,为谋生计,做了权臣韩泳的西宾,教韩府子弟读书。

一天韩泳对于佑说:"当今皇上恩典,要放一批宫女出宫,让她们各自嫁人。你岁数也不小了,又孤身一人,我给你做个媒怎么样?"

于佑称谢道:"于佑一介书生,寄食门下,恨无所长,不能报恩公之一二,怎么敢再烦您做媒呢?"

不久,韩泳请于佑吃饭,席上已坐着一位身材窈窕的姑娘。于佑心下会意,感到神魂摇动。酒过三巡后,韩泳看了眼二人道:"今日欲为二人结秦晋之好,不知你们意下如何?"

二人皆大欢喜,不久择吉日成婚。婚后,于夫人偶然在丈夫的书箧中见到题诗的红叶,大吃一惊,忙问:"这是我当年作的,君如何得到的?"

于佑以实相告。

于夫人又说:"我在水中也拾到了题字的红叶,不知是谁写的?"说罢,她转身从自己的箱子中取出一片红叶。

于佑接过来一看，正是自己所作。二人相对惊异，叹息良久，都说二人的姻缘是前世注定的。

于夫人又说："我捞到你题诗的红叶后，又题了一诗藏在箱中。"她复取出给于佑看。诗云：

独步天沟岸，临流得叶时。
此情谁会得，肠断一联诗。

随后有一天，夫妻二人一同参加韩府的宴会。席上，韩泳开玩笑说："你们今天应该谢谢我这个媒人吧！"

于佑夫人笑着说："恩公大人，我们的结合更是老天的恩典啊！"于是，她在席上又吟了一首七绝：

一联佳句题流水，十载幽思满素怀。
今日却成鸾凤友，方知红叶是良媒。

韩泳弄清个中缘由后，拍着手说："你们真是天作之合啊，我不敢再贪媒人的功劳啦！"